© Flammarion, 2011
87, quai Panhard et Levassor – 75647 Paris Cedex 13
ISBN : 978-2-0812-3330-0

MICHEL HONAKER

LE CHÂTIMENT DES HOMMES-TONNERRES

Flammarion

1. VOL À LA TIRE

Salt Lake City, États-Unis
Hiver 1869

Quand les trois hommes montèrent à bord du *Transcontinental* pour Sacramento, le moins prévenu des observateurs aurait immédiatement deviné qu'ils appartenaient à « l'Agence ». Certes, ils n'arboraient aucun insigne officiel mais une foule de détails concordants ne laissait planer aucun doute sur le sujet. D'abord, ils étaient tirés à quatre épingles, costumes sombres, gilets de soie passés sur chemises blanches, chapeaux ronds à bords roulés, sortant à l'évidence de la même boutique de confection. Au-delà de cette élégance, ils soignaient visiblement leur hygiène, vertu étonnante à cette époque où le bain était encore un luxe bourgeois. Mais c'était surtout leur posture qui ne prêtait à aucune confusion, cette manière inimitable d'être sur le qui-vive, l'œil mobile, la main ballant le long de la cuisse, prête à dégainer les revolvers Remington Model Army qui s'y trouvaient accrochés.

Et quand bien même ces détails auraient échappé au plus négligent, il restait toujours ce qui différencie ceux de « l'Agence » du commun des mortels : cette arrogance naturelle, cette satisfaction de soi qui, quoi qu'ils fassent pour la dissimuler, ressort en toute circonstance. Car un membre de « l'Agence » sait au fond de lui-même qu'il a été élu au sein d'une des institutions les plus fermées d'Amérique et il ne peut s'empêcher d'en tirer une certaine vanité.

Donc, ces messieurs eurent beau saluer poliment les dames tout en s'installant à leur place comme tout un chacun, rouler leur cigarette sur leur moustache cirée, les voyageurs avaient déjà compris qu'ils n'étaient ni d'élégants flambeurs de saloon – avec qui on les confond souvent – ni des propriétaires terriens partis négocier l'achat d'un troupeau.

Non. Ils venaient de l'est, et c'étaient des Pinkerton. Des « Pinks », comme les appelaient tous ceux, fort nombreux, qui les détestaient aux quatre coins du pays, des membres de la célèbre société de police fédérale qui, depuis maintenant plus de quinze ans, avait étendu ses ramifications de Chicago à San Francisco, en implantant ses bureaux dans les plus grandes villes.

L'agent Salomon Weyland jeta un œil à sa montre et fut satisfait de constater que la publicité de la Compagnie des Chemins de Fer disait vrai : le *Transcontinental*, fraîchement inauguré, n'avait jamais aucun retard. Il se mit en branle à 15 h 10 précises, dans ce tintamarre si particulier de bielles et de vapeur sous pression propre à effrayer mules et bétail. C'est qu'un train, dans cette bonne ville puritaine de Salt Lake, était encore chose révolutionnaire, objet de curiosité et d'admiration. On se pressait pour assister à son arrivée, on levait son mouchoir blanc à son départ pour saluer les privilégiés qu'il transportait vers la côte Ouest. Plus tard viendrait le temps où personne ne dresserait plus l'oreille en entendant son sifflet strident et son souffle saccadé, ni se retournerait sur son passage en agitant son chapeau...

Salomon Weyland abaissa le rideau à moitié, se cala au fond de la banquette et toucha le bord de son feutre ; à ce signal, son partenaire assis deux rangs derrière lui se leva, une longue carabine à la main, et disparut en direction du wagon de queue, réservé aux chevaux. Quant au troisième larron, installé de l'autre côté de l'allée, il croisa les bras. Veillaient-ils sur quelque chargement précieux ou accomplissaient-ils un simple transfert ? Sans doute ces questions brûlaient-elles les lèvres des autres voyageurs, mais aucun ne se risqua à les poser.

La nuit tombait quand le *Transcontinental*, après avoir dérivé sur la plaine, s'engagea hardiment dans les montagnes Rocheuses déjà colletées par les premières neiges. Cette partie abrupte, forée au cœur du granit par la puissance industrieuse de l'Homme, était réputée pour mettre à mal les plus puissantes locomotives, mais elle procurait aux voyageurs la sensation qu'ils s'élevaient soudain au-dessus de la terre comme des aigles prenant leur essor. Et chacun de se pencher par la fenêtre pour profiter de cette sensation.

À l'exception bien sûr des Pinkerton. Eux ne remuaient pas un cil.

Peu à peu l'obscurité noya les paysages chaotiques. Le contrôleur alluma les lumières et leur clarté jaunâtre se refléta sur les lambris de bois précieux. Les voyageurs se rassirent. Certains soupèrent d'un repas emporté, puis le roulis du train conjugué à la fatigue eut raison de la plupart. Les dames piquèrent du nez, les messieurs entamèrent des parties de cartes et il s'installa une atmosphère des plus paisibles. La perspective de ne pas revoir le monde civilisé avant l'aube encourageait au sommeil, au repli sur soi, et ravivait malgré tout la crainte primitive des immensités hostiles. Car là-dehors, tout n'était qu'inconnu et silence...

Assis de part et d'autre de l'allée centrale, les deux Pinkerton avaient abaissé leurs feutres sur leurs sourcils, mais il ne fallait pas s'y tromper : leurs yeux mi-clos surveillaient le moindre déplacement, et leur main droite, si prompte à s'emparer du revolver, reposait sur la boucle de leur ceinturon. Aux alentours de minuit, les lumières vacillèrent et un vent glacial parcourut la voiture comme si quelqu'un avait brutalement ouvert les fenêtres. L'agent Weyland se redressa imperceptiblement. Son compagnon, un nommé Brooke, lui adressa un regard entendu...

Mais ce fut un cri de femme qui déclencha tout.

— Au voleur !

À la seconde, les policiers furent sur leurs pieds et remontèrent la voiture d'un pas décidé. La victime, encore sous le choc, se trouvait au dernier rang et pressait son corsage comme si le souffle lui manquait. Elle avait tout de la maîtresse d'école avec sa jupe plissée et sa tunique à bords de dentelle, son chignon serré et ses besicles en fer.

— Madame, que s'est-il passé ? s'enquit Weyland.

Elle leva vers les deux agents un visage où se lisait stupeur et indignation :

— C'est proprement incroyable ! Il a volé mon poudrier en or au fond de mon sac, là, à l'instant !

— Agence Pinkerton ! annonça Brooke en élevant son insigne bien au-dessus de sa tête. Nous contrôlons la situation. Que chacun reste à sa place !

La porte du wagon battait encore. Weyland adressa un signe convenu à son partenaire, lui signifiant de sécuriser le couloir tandis qu'il inspecterait le reste du convoi. Ces deux-là n'étaient pas les premiers venus : ils possédaient un impressionnant palmarès d'arrestations et d'exploits en tous genres qui les avait spécialement désignés pour intervenir à bord du *Transcontinental*. Ainsi Weyland s'élança-t-il à la poursuite du présumé voleur, une main sur la crosse de son Remington, dévisageant chaque passager, à droite et à gauche, attentif au moindre signe d'agitation, à la moindre goutte de sueur suspecte. Les Pinkerton ont un sens développé de l'observation qui les rend uniques. Ils flairent une piste tels des chiens de meute et, quand ils l'ont trouvée, ne l'abandonnent jamais. Pourtant, Weyland en fut pour ses frais. En prime, il se fit rabrouer par les voyageurs exaspérés :

— Il y a encore des gens pour emporter des objets de valeur ?

— Après tous les vols qu'on a signalés ?

— Un poudrier ? Cela vaut-il la peine qu'on nous réveille la nuit au milieu de nulle part ?

Weyland resta sourd aux commentaires désobligeants et calma les mécontents tout en poursuivant son investigation. Elle le conduisit dans la bétaillère qui fermait le convoi, où somnolait le troisième agent embarqué. Il s'appelait Hammond, portait une barbiche à la Buffalo Bill, et braqua sa carabine sitôt que son collègue franchit le seuil jonché de paille.

— C'est moi, le tranquillisa Salomon. Le Chapardeur a remis ça. Tu n'as vu passer personne ?

— Il serait déjà mort à tes pieds, assura Hammond en tapotant la crosse de son arme. Les chevaux sont nerveux depuis dix minutes.

Il désigna les quatre purs-sangs attachés à des anneaux qui lui tenaient compagnie parmi les ballots de foin. Ils piétinaient en renâclant, l'œil révulsé et l'oreille en alerte.

— Tu veux mon avis ? soupira Hammond. Je crois que cette histoire, c'est une invention des passagers. Ça peut s'expliquer par l'envie de rompre la monotonie du voyage, ou simplement une hallucination collective.

— Je ne crois pas. Le Chapardeur aurait pu sauter en marche ?

— À cette allure ? Alors on a affaire à un acrobate de cirque, conjectura Hammond.

— Pas bête. Je vais jeter un œil là-haut.

Weyland ressortit de la bétaillère et il entreprit sûrement de faire ce qu'il avait dit, à savoir gravir l'échelle réservée au personnel d'entretien pour examiner le toit...

Laissé seul en première classe, Brooke commençait à trouver le temps long, et, ne le voyant pas revenir, décida de partir à sa recherche. C'est alors que le train fut soudain plongé dans le noir complet. À croire que les lampes pourtant protégées par des globes de verre venaient d'être toutes soufflées en même temps. Des protestations indignées fusèrent. La maîtresse d'école à l'origine de l'incident se ratatina sur son siège, subitement confuse d'avoir provoqué une telle cascade d'événements.

Brooke gratta une allumette et remonta le train comme l'avait fait son compagnon quelques instants avant lui, sans rien déceler d'autre que des voyageurs rendus inquiets par l'absence de lumière dont les visages effrayés se reflétaient dans la maigre lueur comme des quartiers de lune. Quand il arriva à son tour dans la bétaillère, il éprouva une impression détestable : plus personne, à l'exception des chevaux affolés qui ruaient à tout va. Aucune trace de Weyland, ni de Hammond, et la porte du wagon béait sur la voie en laissant s'engouffrer le vent des cimes. Brooke redouta le pire et se pencha au-dehors. Pour la première fois de sa carrière, il éprouva de la peur. Une vraie peur, que les raisonnements et l'expérience du terrain étaient incapables de contrôler. Il s'arc-bouta pour refermer le vantail et c'est alors qu'il sentit la présence dans son dos. Une sueur glacée trempa son col. Sa main si habile chercha son revolver.

Elle ne l'atteignit jamais.

2. NOUS NE DORMONS JAMAIS

De Denver à San Francisco, le tragique événement s'étala dès le lendemain à la une des journaux dès que l'expédition conduite par les autorités eut retrouvé les corps désarticulés et sans vie des trois Pinkerton disséminés le long de la voie. Les clichés pris sur place, d'un réalisme macabre comme il était d'usage en ce temps, attestaient que ces malheureux s'étaient brisés la nuque en tombant du train – à moins qu'ils n'en aient été poussés. Était-ce l'œuvre de ce fameux « Chapardeur » dont la presse faisait ses choux gras depuis plusieurs semaines ? D'autres incidents s'étaient déjà produits, mais aucun ayant entraîné mort d'homme. La plupart du temps, de simples vols. Cette fois, l'affaire était si sérieuse qu'elle entachait la réputation du *Transcontinental*, et, au-delà, de la Compagnie des Chemins de Fer. Certains parlaient déjà de malédiction...

Sur le moment, je ne prêtai qu'une attention distraite à ce drame, sans imaginer un instant qu'il changerait bientôt le cours de mon existence. Car ce matin-là, à peine réveillé après une courte nuit passée à la table de poker, j'avais bien d'autres raisons pour feuilleter le *Salt Lake Chronicle* abandonné sur le comptoir de la pension de famille qui m'hébergeait. Je cherchais du travail. Pour une raison incompréhensible, ma « vision » m'avait quitté et mes derniers dollars s'étaient envolés dans la poche d'un quidam qui avait remporté la mise avec deux paires. J'avais déjà connu de mauvaises passes. Dans ces cas-là, inutile de s'entêter. Mieux valait éviter les cartes et attendre que le don me revienne, ce don étrange, miraculeux, que je croyais devoir à quelque malformation de mon cerveau. LA « vision ».

Je n'avais pas d'inquiétude particulière quant à ma faculté de trouver un emploi. J'étais un solide gaillard de vingt ans, assez âgé pour avoir été serveur, palefrenier, marchand d'armes itinérant et encore assez immature pour imaginer avoir raison sur tout. J'avais des cheveux noirs délicatement frisés, des yeux bleu foncé, une fine moustache et, à ce qu'on disait, un sourire charmeur de vendeur d'élixirs. Je portais en prince un costume gris à rayures encore assez bon pour donner le change. Ajoutez à ma belle allure un superbe chapeau – pas un de ces horribles stetsons de cow-boy, non, un melon en velours à bords roulés – et vous obtiendrez l'image du jeune coq bouffi d'ambition que j'aimais donner de moi.

Je venais de l'Est, de Saint-Louis, pour être précis, et, au cours de ces années, je m'étais laissé porter vers l'Ouest par le courant des événements et des opportunités. Or, j'étais coincé à Salt Lake City, la ville la plus austère, la plus prude, la plus dénuée d'intérêt dans laquelle je n'aie jamais séjourné, dans l'incapacité à m'offrir ne serait-ce qu'un billet de diligence pour m'en évader. Et alors que je feuilletais avidement les petites annonces, j'entendis dans mon dos la voix aigrelette de ma logeuse qui m'interpellait :

— Par exemple, Mr. Galore ! Quel plaisir de vous attraper de si bon matin... Je vous rappelle que vous avez deux semaines de retard pour le loyer !

J'abaissai mon journal pour découvrir la bouille fripée enserrée d'un bonnet de dentelle de Mrs Dobbs. Je compris à son regard mauvais que j'aurais cette fois du mal à m'en défaire. Je soulevai mon chapeau avec un air résolument optimiste.

— Chère Mrs Dobbs ! Neil Galore, c'est mon nom en effet, pour vous servir ! J'allais justement m'acquitter de ma dette.

— Quand ? insista le cerbère en posant ses mains sur ses hanches.

— Mais... Pas plus tard que dans une demi-heure. Dès que j'aurai conclu cette affaire que j'attends ici depuis des jours.

La vieille bigote fronça son nez en trompette et tendit sa main ridée. Elle aimait les comptes ronds plus encore que les bréviaires, et passer son temps à l'église n'adoucissait en rien ses manières de tenancière de saloon.

— Pas tout à l'heure, mon jeune ami. Tout de suite. Ou j'appelle mon garçon pour qu'il s'occupe de vous.

— Mrs Dobbs, c'est parfaitement inutile, je vous assure ! tentai-je de la calmer. Faites-moi confiance. Je reviens dans disons... une heure, et je vous règle non seulement mes impayés mais je vous offre une avance pour la semaine prochaine.

— Je crois que vous êtes un bonimenteur, Mr. Galore.

— Tout ce que vous voulez, Mrs Dobbs, mais accordez-moi cette heure. Voyez, je ne m'en vais pas, ma valise est encore là-haut.

Croyais-je m'en tirer à si bon compte ? Que non. La vieille me repoussa de toute sa corpulence contre le comptoir, si bien que je ne tardai pas à sentir une douleur dans les côtes. Et ce poulpe collé à mon gilet me souffla son haleine de mélasse au visage :

— Je vous préviens, Mr. Galore, la ville n'est pas si grande. Si vous n'êtes pas revenu avec l'argent dans une heure...

— Je sais, je sais, vous irez prévenir votre garçon...

Lequel était une armoire de deux mètres entièrement dénuée de cervelle, qui ne se déplaçait jamais sans une hache sur son épaule. Et, alors que je manquais d'arguments pour gagner ne serait-ce qu'un peu de temps, le journal que j'étais en train de froisser malgré moi m'apporta la solution par un de ces éclairs inattendus que la vie offre parfois. Égarée par malice parmi les avis de décès, figurait une annonce en gras fortement encadrée :

« L'agence Pinkerton embauche des convoyeurs. Urgent. Entretien ce jour à midi au restaurant *Chez Rouillard*, à Salt Lake City. »

— Je vois que je peux tout vous dire, Mrs Dobbs, enchaînai-je aussitôt avec l'aplomb d'un bonimenteur. Normalement, je suis tenu au secret, mais vous êtes une personne de confiance, et puisque vous insistez...

Un coup d'œil de droite et de gauche, puis je lâchai sous le sceau de la confidence :

— Je dois bientôt m'engager dans la police.

La vieille haussa un sourcil interloqué.

— Vous ? Un joueur ? Un voleur ? Un tricheur ? Vous voulez me faire gober que vous allez devenir shérif ?

— Non, pas shérif, mieux : agent du gouvernement ! Voyez, c'est l'annonce qui est là !

Le temps qu'elle vérifie une information aussi énorme, aussi improbable, et j'avais réussi à me faufiler hors de ses tentacules pour gagner la sécurité de la rue, tout en rajustant mon nœud de cravate froissé ! Je ne doutais de rien. J'avais une certaine allure, une solide expérience de la vie, forgée dans les bas-fonds et les tripots. Salt Lake n'était alors qu'une ruche boueuse cloquée au bas des montagnes Rocheuses où gens, bêtes et chariots se bousculaient en un désordre frénétique, mais c'était la porte vers la côte Ouest où convergeaient les nouvelles caravanes de colons. Pour le jeune fauve que j'étais, c'était un terrain de chasse trop restreint. J'avais en tête de gagner San Francisco où les fortunes s'étalent aux tables de jeu, où la vie est facile pour ceux comme moi qui ont une bonne mine, du bagout et connaissent les cartes. Nous en rêvions, mes poches vides et moi, depuis des mois. Alors tout, plutôt que rester ici à regarder défiler les troupeaux de bœufs.

L'enseigne distinguée du restaurant Rouillard se balançait à l'écart de la grand-rue où s'emmêlaient les attelages, car il faut le silence et la paix de l'esprit pour savourer la véritable cuisine française en ses délicats apprêts. À cette heure encore matinale, la porte vitrée était ouverte, chose rare, et j'entrai sans cérémonie dans une salle garnie de palmiers en pots, déserte à l'exception d'un homme mince et osseux, sanglé dans un costume de belle coupe, assis à une table du fond. Il tournait le dos à l'entrée, manque de précaution élémentaire quand on connaît l'époque, mais je surpris son regard vif qui observait tous les mouvements de la rue grâce au large miroir accroché au mur en face de lui. Contrairement à la mode du moment, il ne portait ni barbiche ni moustache, et son visage glabre un peu maladif dégageait une impression d'austérité froide. Je remarquai également ses longues et belles mains et aussi le revolver Kerr du plus bel effet, porté haut à la taille.

— Neil Galore. Je viens pour l'annonce de l'Agence.

— Je suis Clay Harper, me lança le Pink en dédaignant ma main tendue. Assieds-toi.

Le tutoiement me vexa. Il me prenait pour un gamin. Je devais lui prouver que j'étais digne de confiance. Je retirai mon galurin et me préparai à défendre chèrement ma candidature.

— J'ai très envie d'appartenir à l'Agence, monsieur. Ce serait même un honneur pour moi.

— Il ne s'agit pas d'honneur. Il s'agit de loyauté. Appartenir à l'Agence signifie vivre pour l'Agence, et aussi, parfois, mourir pour elle. Tu es prêt à cela ?

— Je serais plus utile vivant que mort.

Harper eut un léger sourire.

— Tu aimes les armes ? nota mon interlocuteur avec un sens aigu de l'observation.

— J'ai été assistant d'un colporteur pendant un temps.

— Quel âge as-tu, fiston ?

— Est-ce que ça compte ? répliquai-je assez vivement.

J'avais établi ma tactique, estimant, comme à une bonne table de poker, que bluff et arrogance valent parfois un bon brelan de rois, mais Clay Harper lisait en moi aussi facilement qu'un pasteur déchiffre la Bible. Il se pencha légèrement vers moi, me sonda d'un regard impénétrable avant de laisser tomber :

— Réponds à ma question, c'est un conseil.

Ma gorge s'assécha comme le fond du Grand Canyon au cœur de l'été et je ne trouvai qu'à bafouiller un « oui, monsieur » des plus contrits.

— J'appartiens au Bureau occidental de l'Agence, reprit-il d'une voix parfaitement normale, et je suis responsable du recrutement. Tu sais utiliser une arme ?

— J'en possède une, même si je ne la porte pas.

— Je t'ai demandé si tu savais t'en servir.

— Oui.

— Tu as déjà tué ?

— Une fois, j'ai blessé un tricheur.

— Tu as fait de la prison ?

— La légitime défense a été requise. J'avais quatre témoins. Si vous m'engagez, je serai un bon agent. Je ne lâcherai pas prise.

Quelle étonnante déclaration de foi venait de s'échapper de ma bouche, moi qui n'avais jamais connu de la loi que les cellules de dégrisement. En étais-je vraiment là pour arracher cet emploi ? Harper laissa passer un silence, comme s'il voulait se donner le loisir de la réflexion... Je remarquai alors une porte entrouverte au fond de la salle, donnant sans doute sur un salon particulier, et j'eus la certitude que nous n'étions pas seuls.

Harper enchaîna.

— La devise de l'Agence est celle-ci : « *Nous ne dormons jamais.* » Si tu portes l'insigne, tu devras ouvrir l'œil à chaque heure du jour et de la nuit. L'Agence sera ton foyer, l'Agence sera ton église. Si tu as des dettes, paie-les. Des comptes à régler ? Efface-les. Une petite amie ? Quitte-la. Car celui qui devient un Pinkerton ne peut avoir d'attaches d'aucune sorte. Il devient un bouclier pour ses concitoyens et, à ce titre, doit être irréprochable. Le Président des États-Unis a l'œil sur nous, mais c'est d'abord à notre directeur que nous devons allégeance car il a le pouvoir de briser toutes les juridictions, civiles ou militaires. Je suis clair, jusque-là ?

En écoutant ce discours, j'avais des frissons qui me traversaient le corps. Un monde venait de se révéler en moi, avec la netteté d'une île qui émerge du brouillard. Jusqu'alors, à qui, à quoi avais-je été utile à part moi-même ? Quel acte remarquable avais-je accompli hormis le seul souci de mon bien-être du moment ?

— Reviens ce soir à huit heures. Tu auras la réponse. Suivant.

Suivant ? Je me retournai pour constater avec effroi qu'une file d'attente s'était formée dans mon dos, qui s'étirait jusque sur le trottoir. Il y avait là autant de jeunes cow-boys que de vieux désœuvrés. Mon bel enthousiasme en fut refroidi. Quelles chances avais-je face à autant de concurrence ? Alors que je remettais mon chapeau pour partir, Harper me lança d'une voix moqueuse :

— Je crois qu'un type avec une hache t'attend de l'autre côté de la rue, fiston. À ta place, je passerais par les cuisines...

3. L'ANCIEN TONNELIER

Le conseil était bon. Ma logeuse, cette bonté chrétienne incarnée, n'avait pas cru en ma parole et sans attendre, avait envoyé sa terreur de fils à mes trousses. C'était un bouseux géant nourri à l'épi de maïs, et je ne sais quoi d'autre. Il faisait le pied de grue, son inséparable fendoir accroché à l'épaule, en mâchonnant sa chique. La porte de service donnait par bonheur sur une ruelle hors de sa vue, d'où je pus, de loin, me moquer à ses dépens. Il m'était en attendant impossible de regagner mon meublé, aussi je me perdis en ville, comptant les heures qui me séparaient du prochain rendez-vous. J'évitai les endroits d'affluence, craignant de me retrouver nez à nez avec l'ours et sa hache. Sans un dollar en poche, je n'avais nulle part où me réfugier. Je finis par me cacher dans une écurie, parmi les ballots de foin pour ronger mon frein, et supputer mes chances d'obtenir le précieux travail. Car je tenais à mes affaires abandonnées dans ma chambre, et par-dessus tout à un certain objet précieux qui pour moi comptait plus que ma vie même...

Mon seul salut tenait donc en cet engagement chez Pinkerton, et je ne savais quelles divinités implorer pour que ce vœu se réalise. Ce Clay Harper m'avait ouvert la porte d'un royaume insoupçonné pour aussitôt la refermer. La veille encore, la pensée de devenir un Pinkerton ne m'avait jamais effleuré, et voilà qu'elle se propageait en moi, dévastant mes projets antérieurs avec la force d'un incendie poussé par le vent. Il n'était plus question de San Francisco ni de ses tables de jeu, il n'était plus question de m'installer à mon compte ni de prospérer comme un bon bourgeois. Non, désormais, je n'éprouvais plus qu'un seul désir, celui de devenir représentant de l'Ordre.

Mieux encore : devenir L'Ordre. Qui ne connaissait le pouvoir de l'agence Pinkerton, ses méthodes implacables, ses ramifications à travers notre immense pays en construction ? Sans parler des mille légendes qui couraient sur son compte et l'entouraient d'une aura si mystérieuse que son seul nom suffisait à effrayer le brigand comme le corrompu ?

Le soir me trouva trépignant d'impatience devant *Chez Rouillard*, dont le seuil était éclairé par deux fanaux en bronze ancien. Personne en vue. Aucun signe de vie à l'intérieur. Je supposais que l'Agence avait réquisitionné les lieux, interdisant aux clients ordinaires d'y souper... À huit heures précises, je tirai sur mon gilet de soie fané, rajustai mon galurin à bords roulés et poussai le battant vitré. La salle était plongée dans une pénombre seulement tempérée par une lanterne murale. J'aperçus trois jeunes gars ayant à peu près mon âge, attablés en silence, pâles et méfiants.

Le premier avait l'air d'un fermier mal dégrossi avec son pantalon à bretelles, sa chemise rêche à carreaux et son chapeau tordu. Le deuxième, fluet, le teint mat, peut-être d'origine mexicaine, faisait songer à un chat sauvage. Il portait un habit de cow-boy sombre assorti de franges. Un couteau Bowie pendait à sa ceinture. Le troisième était plus jeune, ses cheveux blonds encadrant un profil délicat avec je ne sais quoi de buté. Il avait conservé son chapeau vissé sur le crâne, et sous l'ombre de son rebord, luisait un regard très clair et intense qui me fit forte impression. Je sus que des trois, je devrais me méfier de sa concurrence. Au poker comme dans la vie, n'est pas le plus dangereux celui qui veut le paraître...

Ils attendaient visiblement quelque chose. Moi, peut-être. Je les saluai vaguement quand j'entendis le grattement d'une allumette juste derrière ma nuque, qui me fit tressaillir. Pourtant, je me gardai de me retourner, conscient qu'il s'agissait sûrement d'un test. L'homme avait allumé tranquillement sa cigarette, si près de mon cou que je pouvais sentir la chaleur du tabac incandescent. Satisfait de son effet, Clay Harper prit le temps d'entrer dans mon champ de vision. Personne ne m'avait jamais approché si près à mon insu. J'en fus mortifié.

D'un signe, il nous enjoignit tous quatre de le suivre et c'est sans un mot que nous pénétrâmes dans le salon particulier dont j'avais remarqué ce matin l'existence discrète au fond de la salle. Ici aussi, une seule lumière faisait l'aumône à l'obscurité, juste suffisante pour nous permettre de distinguer l'individu en complet rayé assis sur la banquette de velours.

Je ne suis pas près d'oublier l'impression qu'Allan Pinkerton produisit sur moi. Tout en lui désignait un homme aux facultés physiques et mentales supérieures à la moyenne. Il avait probablement la cinquantaine et j'aurais volontiers parié qu'il avait été lutteur ou hercule de foire à en juger par ses larges épaules et son cou épais, sa figure épatée, comme martelée par les coups. Ses cheveux très noirs et frisés rejoignaient une barbe en friche sous laquelle la lèvre pleine ne semblait jamais sourire. Le plus fascinant était ses yeux, deux billes de plomb au pouvoir de pénétration effrayant, qui posées sur vous, s'enfonçaient dans vos pensées les plus secrètes.

Pinkerton avait vécu plusieurs vies en une seule, ce qui était le lot des grands personnages de l'époque. Il avait été successivement videur, tenancier de tripot, shérif, et dieu sait quoi d'autre. Après avoir charrié des tonneaux, corrigé les tricheurs et réglé des comptes au fond des ruelles, il avait décidé de créer une agence de détectives. L'agence Pinkerton. Elle avait fait régulièrement la une des journaux depuis quinze ans car son fondateur ne dédaignait pas la publicité. Mieux, elle lui était une arme dans sa lutte contre le banditisme, au point que dans le langage ordinaire, un « Pinkerton » désignait tout naturellement un policier.

Son intelligence, sa roublardise, sa connaissance intime des réactions humaines auraient pu le conduire à devenir joueur, propriétaire, politicien ou même hors-la-loi. En tout cas à faire fortune en jouant sur les faiblesses de ses semblables et l'impunité des criminels. Mais Pinkerton avait parié au contraire sur le besoin d'ordre. Car dans ce grand pays en chantier qui sortait de la guerre de Sécession [1], l'insécurité était partout et la force faisait la loi : non seulement dans les quartiers louches des grandes villes fraîchement bâties, mais aussi le long des pistes, dans les étendues sauvages où pullulaient Indiens indomptés et bandits sanguinaires... Ainsi était née l'Agence, spécialisée dans la

---

1. Conflit entre les états du Nord et ceux du Sud pour l'abolition de l'esclavage, qui ensanglanta les États-Unis de 1861 à 1865.

traque des voleurs de banque, la protection des biens et des personnes, l'escorte des diligences et du nouveau moyen de locomotion capable de traverser le pays en quelques jours seulement, le train.

Nous nous mîmes instinctivement en rang devant ce personnage si intimidant, tandis que Harper restait près de l'entrée pour monter la garde. Allan Pinkerton chaussa des besicles et se leva pour nous passer en revue. Aucun d'entre nous n'osa croiser son regard et préféra fixer un paysage captivant et lointain, au-delà de la pointe de ses chaussures...

À chacun, il demanda son nom.

Le jeune fermier esquissa un sourire niais et rougit jusqu'aux oreilles. Il s'appelait Angus Dulles, et semblait aussi dégourdi qu'un dindon. Sur quel critère Harper l'avait-il choisi parmi tant de candidats, je l'ignorais encore. Pinkerton passa ensuite devant le cow-boy au teint mat, sans lui manifester un intérêt particulier, sinon qu'il murmura audiblement un mot : « Navajo. » En l'entendant, Armando Demayo, c'était son nom, sursauta comme si on l'avait piqué avec une aiguille, mais notre recruteur n'y prêta aucune attention. Il arrivait déjà devant le plus jeune, celui au visage d'ange, aux yeux féroces. Il fit voler son galurin à l'autre bout de la pièce d'une chiquenaude si rapide que son propriétaire n'eut pas le loisir de bouger un cil. Ses cheveux blonds libérés de l'entrave se déroulèrent sur ses épaules graciles et nous autres garçons pouffâmes d'étonnement : le quatrième larron était une larronne, une jolie fille en vérité, à la bouche fine et au cou de cygne. Elle ferma son poing de colère et je vis qu'elle n'aurait pas hésité à s'en servir si seulement elle avait été en mesure d'accomplir cet effort.

Mais Elly Aymes, danseuse de saloon au chômage, était à demi morte de faim et tenait à peine debout.

Ce fut mon tour et je n'en menais pas large.

Allan Pinkerton me brossa d'un regard et se contenta de hausser les épaules :

— Dans les rangs de l'Agence, filles et garçons sont traités avec les mêmes égards, c'est-à-dire aucun. Que ce soit bien clair dans vos têtes : nous sommes la Loi et la Loi ne recule devant rien pour arriver à ses fins. J'ai déjà utilisé des femmes, des enfants, et même des nourrissons pour coincer des crapules et les faire pendre. La réputation de l'Agence est fondée sur son absence de faiblesse. L'Agence ne pardonne pas. L'Agence châtie. C'est son rôle. C'est ce que la population attend d'elle. Si le choix m'est donné, je préfère ne pas encombrer les tribunaux. Un cheval, une corde, un arbre, ne coûtent rien à la collectivité. Je fouette le cheval, la corde se tend, et le bandit se balance sur sa branche en se pissant dessus. Quand il a fini de se tordre, j'accroche un écriteau sur sa chemise : « Ici danse un escroc, un voleur de banque, un tueur à gages. Agence Pinkerton. Nous ne dormons jamais. »

Il nous passa en revue une seconde fois, les pouces coincés dans les poches à gousset de son gilet, en se penchant pour capter nos regards. Enfin, il consentit à m'examiner de plus près. Je trouvai le courage de le fixer droit dans les yeux, avec le curieux sentiment d'affronter le diable en personne.

— Toi, quel est ton nom ? demanda-t-il.

— Neil Galore, monsieur.

— Je parie que tu es joueur de cartes, que tu tires de la main gauche, que tu es malin aussi... Tu n'as pas connu tes parents et tu as sûrement vidé les crachoirs dans les saloons quand tu étais môme. Je pense aussi que tu es une mauviette.

Comme je m'attendais à tout depuis mon arrivée, je fis comme s'il était naturel que ce personnage que je n'avais jamais rencontré de ma vie en sût aussi long sur mon passé, et je répondis crânement :

— Pour la première partie, vous êtes presque dans le vrai, monsieur. Pour ce qui est d'être une mauviette, le dernier à l'avoir pensé y a perdu son bras gauche. Ce qui l'a handicapé très lourdement pour se gratter le nez. Et le reste.

Avais-je passé un test dont l'objectif m'échappait encore, toujours est-il qu'Allan Pinkerton ébaucha un sourire :

— Je me fie au jugement de Mr. Harper, glissa-t-il. Il dirige notre bureau à Denver. S'il vous a sélectionnés, c'est que vous êtes dignes de la mission que l'Agence désire vous confier. Car à compter de cette nuit, vous n'aurez plus de vie personnelle. Vous appartiendrez corps et âme à l'Agence. La démission est interdite. Si vous avez un doute, mieux vaut nous séparer maintenant...

Aucun de nous n'y aurait songé. Satisfait, le directeur enchaîna :

— J'ai perdu trois de mes meilleurs limiers la nuit dernière à bord du *Transcontinental*. Depuis quelque temps, la Compagnie des Chemins de Fer nous avait signalé la présence d'un pickpocket qui opérait sur cette ligne, que la presse a surnommé « le Chapardeur ». Jusqu'ici, rien de bien méchant, des montres, des bijoux mystérieusement subtilisés en profitant de l'obscurité, mais aucun rapport n'indiquait que le voleur ait jamais agressé quiconque. Malheureusement, la routine n'existe pas dans notre métier. Il faut toujours se tenir prêt au pire, ainsi on n'est jamais déçu. Mes agents l'ont appris à leurs dépens. Je les aimais comme mes fils. J'aime tous mes agents comme mes fils, dans tous les territoires où ils opèrent. Quand ils meurent, je pleure. Et je déteste pleurer.

Il retourna s'asseoir à la table avec une indéniable démarche de cabaretier, ouvrit un tiroir pour en sortir quatre portefeuilles de cuir noir parfaitement identiques, qu'il daigna entrouvrir.

— Voilà vos badges, comportant votre insigne officiel, notre étoile de fer cerclée, et aussi l'avance d'une semaine de salaire, soit quinze dollars, sur laquelle je vous ai octroyé une prime de dix dollars supplémentaires. L'Agence a un compte ouvert en permanence à la Denver Bank en cas de nécessité absolue pour le cas où vous auriez besoin d'un crédit supplémentaire. Vous trouverez également un ticket de train valide, que Mr. Harper vous réclamera poinçonné au retour de votre mission. Car je vous préviens : l'Agence a ses règles. Ses codes. Un agent est irréprochable, dans sa tenue comme dans son comportement. Un agent ne boit pas, ne se drogue pas, et ne fréquente aucun établissement douteux, sauf s'il s'agit d'une mission. Un agent doit parler poliment et saluer les dames. Il doit surveiller son langage à tout moment et ne pas blasphémer. Non que je sois croyant, mais beaucoup d'autres le sont. Aucun manquement n'est toléré. Au premier avertissement, l'agent est mis à pied, sa solde est retenue. Au deuxième, il passe devant un tribunal d'honneur constitué par ses pairs. Lequel peut décider de le pendre sans que quiconque puisse s'y opposer. Suis-je clair ?

Le garçon au teint mat s'avança d'un pas. Visiblement, il n'avait toujours pas digéré le fait d'avoir été

qualifié de « navajo » et puisait dans son mécontente-
ment le courage de faire face à notre recruteur.

— C'est quoi au juste, notre mission à bord de ce
train ?

— La même que j'avais assignée à vos prédéces-
seurs, à la différence qu'il vous sera interdit d'échouer,
répliqua Pinkerton. Les attaques du Chapardeur ont
toujours lieu la nuit, en pleine montagne, entre Salt
Lake City et Sacramento. Je désire que vous voyagiez
comme des gens ordinaires, observiez les événements,
et fassiez votre rapport dès votre arrivée à Sacramento
à Mr. Harper, qui sera votre superviseur. Pas d'intervention directe. Cela vous convient-il, monsieur le
Navajo ?

— Je ne suis pas navajo, contesta vigoureusement
l'intéressé.

— Cela vous regarde, Mr. Demayo, répliqua sèchement Pinkerton, mais votre mère l'était sûrement, et
votre père aussi, ce qui fait de vous indéniablement un
Navajo. Il n'y a d'ailleurs aucune honte à être indien,
sauf, si à votre manière, vous niez ce que vous êtes.

À la façon dont le visage d'Armando s'allongea de
surprise et de colère, il était évident que Pinkerton, par
une technique proprement surnaturelle, avait touché la
corde sensible. Je vis le moment où notre compagnon
allait glisser la main vers son couteau Bowie. Je craignis plus pour lui que pour son interlocuteur et je lui
retins fermement le poignet, tout en m'efforçant de
faire diversion.

— Nous n'aurons pas d'armes pour cette mission ?
demandai-je.

— Non, Mr. Galore. D'ailleurs, vous en possédez une,
cachée sous votre gilet. Je parierais que c'est un petit
Derringer deux coups, le préféré des joueurs, discret,

précis à faible portée. C'est à ce détail que j'ai noté que vous étiez malin car beaucoup de gamins de votre âge fanfaronnent avec un Colt 45 à la hanche. À bord du *Transcontinental*, vous passerez pour de simples voyageurs. D'autres questions ? Mademoiselle ? Messieurs ?

Armando échappa avec colère à mon étreinte. Il s'empara du portefeuille sur la table, me défia d'un air mauvais en pointant son index vers mon nez, puis sortit à grandes enjambées. Angus Dulles et Elly Aymes l'imitèrent. Je fermai la marche. En croisant une dernière fois le regard d'Allan Pinkerton, j'eus le sentiment très net qu'il conservait des cartes dans son jeu.

Il était bien tard pour s'en inquiéter.

4. CONFÉRENCE
AUTOUR D'UN STEAK

Je ressortis de *Chez Rouillard* avec le sentiment de porter sur mes épaules le poids d'une responsabilité nationale. Après tout, j'avais un ordre de mission officiel, un badge étoilé qui me conférait une autorité très avantageuse... En plus des vingt-cinq dollars que j'avais désormais en poche, une fortune bienvenue. À l'évidence, l'état d'esprit de mes nouveaux compagnons était plus partagé, et en bon joueur de poker, je ne manquai pas de jauger leurs motivations.

Elly Aymes nous planta là sans un mot pour disparaître au coin de la rue, apparemment peu soucieuse de faire plus ample connaissance avec ses nouveaux partenaires. Angus Dulles se mit à faire le paon, en tirant ses bretelles par les pouces, son badge maladroitement accroché sur sa chemise de fermier. Armando Demayo considérait son insigne avec un mélange d'incrédulité et d'autosatisfaction.

— Hier encore, je convoyais du bétail, s'extasia-t-il. Pour trois dollars par semaine et deux repas de haricots par jour ! Et me voilà agent du gouvernement !

— Et moi, la chance m'avait abandonné au poker, mais voilà qu'elle montre à nouveau le bout de son nez, approuvai-je.

— Tu es joueur ?

— C'est une source de revenus comme une autre.

Armando approuva à contrecœur. En dépit de ses vingt ans, il avait probablement déjà beaucoup vécu, lui aussi. Il avait le sang chaud de sa race, et une nature portée sur l'action plus que sur la réflexion. Je sus d'emblée qu'en cas de coup dur il serait le seul fiable au sein de notre petit cercle. Il fut décidé que nous nous retrouverions le lendemain sur le quai de la gare pour le départ du *Transcontinental*. J'avais auparavant des dettes à régler et des affaires à récupérer.

À peine mon pas eut-il fait craquer le bois de la véranda de Mrs Dobbs que son ours de fils se jeta sur moi, sorti d'on ne sait où. Il me poussa rudement contre la façade de la maison et me souleva de terre avec un grognement de primitif. Inutile de lui brandir mon badge tout neuf, sa cervelle si menue n'en aurait pas compris le sens. J'eus le temps, entre deux râles, de glisser :

— J'ai de quoi payer...

Cette phrase magique fit sortir Mrs Dobbs sur le perron avec un sourire angélique aux lèvres, une jatte sous le bras. Sans cesser de fouetter sa pâte à gâteaux, elle lança d'une voix acidulée.

— Tu peux le lâcher, Jasper. Puisqu'il nous jure qu'il a sur lui l'argent qu'il nous doit. Donc, Mr. Galore, cela fera cinq dollars.

— Nous avions dit quatre ! me récriai-je, à demi asphyxié.

— Cinq. Le Seigneur a dit : *Tu respecteras les délais de paiement.*

C'est ainsi que s'envola mon premier billet fraîchement acquis, mais non contente d'avoir gravement amputé mon budget, la bigote me flanqua dehors – sans doute avait-elle déjà recruté un autre locataire, plus solvable. Ma pauvre valise ouverte m'attendait dans la boue de l'arrière-cour, et je dus en chasser les poules qui commençaient à prendre leurs aises. Peu m'importaient mes chemises souillées. Ma première précaution fut de vérifier que le portrait était là. Le verre en était brisé mais je le serrai sur mon cœur avec soulagement en me promettant de le faire changer à la première occasion. Du moins le cliché était-il intact, qui représentait une fort jolie femme brune prise de trois quarts, ses longs cheveux bouclés flottant librement, vêtue d'une robe en taffetas gris paré de dentelles.

Je levai les yeux vers les fenêtres éclairées de la pension de famille et des idées de vengeance me firent bouillir le sang dans les veines. Cependant, les paroles d'Allan Pinkerton me revinrent opportunément en mémoire... Pas d'histoires : un agent doit être irréprochable. Et puis je confesse que la présence de Jasper, l'homme des cavernes, me dissuada pour beaucoup de retourner à l'intérieur demander des comptes. Je ne me voyais pas courir dans toute la ville avec un maniaque aux trousses armé d'une hache...

J'abandonnai mon maigre bien dans la basse-cour à l'exception du portrait, et traînai mon aigreur au *Silver Star*, l'un des saloons les mieux famés de Salt Lake. J'y louai une chambre minuscule pour la nuit, fit quelques ablutions et m'étendis sur le lit grinçant, les bras croisés derrière la nuque. Demain, j'aurai quitté Salt Lake, et dans la bonne direction, celle de la côte Ouest. N'était-ce pas ce que j'avais souhaité ?

Plus tard dans la soirée, tenaillé par la faim, je descendis me restaurer. Je retrouvai le vacarme habituel des saloons rythmé par ses mélodies au piano, ses conversations bruyantes et ses rires gras. J'avais beau avoir grandi dans ce genre de lieux de perdition, je ne m'étais jamais totalement accoutumé à cette ambiance. Pour quelle raison ? L'idée me hantait que j'avais probablement connu dans ma prime enfance, hélas effacée de ma mémoire, un milieu autrement plus feutré et très différent de ceux-ci.

Alors que je commençais à tourner autour des tables de poker, supputant mes chances de prendre place à une partie, quelle ne fut pas ma surprise de découvrir Dulles l'idiot poussant quelques dollars sur un tapis vert ! Il se trouvait en face de partenaires plus âgés dont la seule façon de poser leurs coudes sur le bord de la table démontrait qu'ils n'étaient pas nés d'hier et s'étaient donné le mot pour le plumer. J'éprouvai un pincement à l'estomac. Non que le sort de son bien m'intéressât, mais Pinkerton avait été clair : pas de jeu. Si Clay Harper entrant à l'instant découvrait cette incartade d'un membre de notre groupe, qui sait s'il n'allait pas annuler nos engagements. Je me penchai aussitôt à l'oreille de ce fermier de malheur pour lui glisser :

— Retire-toi immédiatement, ces gars vont te ratatiner. Ils ont tellement d'as dans les manches que s'ils les alignaient par terre, on pourrait traverser la rue au sec.

Angus Dulles se tourna vers moi, et sa face rougeaude piquée de taches de rousseur s'éclaircit d'un sourire niais alors qu'il me montrait deux paires. Deux paires, par mes bretelles ! Ce crétin était la plus détestable création de la Nature. Je le saisis fermement par l'épaule.

— Écrase-toi et quitte cette satanée table ! Tu vas tous nous griller. Tu es un Pinkerton, maintenant. Tu n'as pas le droit de t'approcher d'une partie. Tu risques de nous fourrer dans les embrouilles, t'entends ?

Il détacha tranquillement ma main de son épaule, fit face aux ruffians qui se grattaient la barbe de l'autre côté de la table et misa « tapis ». C'est-à-dire son tout, y compris sa prime d'engagement. Je fis une chose que je regrettai par la suite : avant qu'il ait eu le temps de dire ouf, je lui chipai son jeu. C'est là que j'eus l'éclair, et que la « vision » me revint. C'est là que j'entrevis des images qu'il avait enfouies en lui. Très fugitivement, comme à l'habitude, mais assez précisément pour en être durablement ébranlé... Des images de choses qu'il avait faites. Lui considéra ses doigts vides et tout sourire disparut de sa bonne bouille. J'eus l'impression qu'il devinait alors que j'avais partagé son secret. Il me reprit posément le jeu des mains, tandis que ses partenaires s'égosillaient :

— C'est pas loyal, on ne change pas de joueur en cours de partie.

Et je me dis qu'en effet, sauf à vouloir déclencher un incident bien pire, mieux valait laisser les choses suivre leur cours, quitte à ce qu'il boive la tasse. Et alors que les canailles barbues payaient pour voir, l'incident se produisit. Les cartes qu'elles tenaient en main prirent feu spontanément, comme si quelque diable invisible les avait enflammées. Les joueurs bondirent de leur chaise, médusés, en soufflant sur leurs doigts douloureux, et regardèrent leur jeu partir en fumée. Dulles abattit tranquillement ses deux paires intactes devant les sièges vides avec son sourire de benêt. Croyait-il s'en tirer à si bon compte ? Alors qu'il ramassait les mises avec l'assurance d'un père tranquille, les compères l'en empêchèrent rudement en sortant leurs revolvers.

— Pas si vite, bouseux ! T'as triché !

Les deux videurs du *Silver Star* déboulèrent, fusils au poings. La règle ici comme ailleurs était stricte : personne ne quitte la table pendant la partie sans quoi il perd sa mise. Les filous ulcérés de s'être fait posséder protestèrent du fait que leurs cartes n'étaient plus que cendres, mais comme il était impossible de prouver l'origine de ce phénomène, ce furent eux que l'on poussa à la porte de l'établissement.

— C'est bon, bouseux ! crièrent-ils. On t'attendra dehors le temps qu'il faudra. Tu finiras bien par sortir.

Dulles haussa les épaules, indifférent à leur menace. Moi, je savais qu'il fallait au contraire la prendre très au sérieux. J'avais déjà vu trop de naïfs se faire trouer la peau en pleine rue pour avoir cru posséder plus malins qu'eux... Et j'allais clairement l'expliquer à mon gros partenaire quand Armando s'interposa et lui saisit les paumes pour les tourner en tous sens, comme fasciné.

— Angus, comment tu as réussi ça ? l'interrogea-t-il. C'est dingue ! Galore, tu as vu ? Un vrai tour de magicien ! Il cache bien son jeu, le fermier !

— Un tour à se retrouver avec un gros problème sur les bras, préférai-je corriger.

Le fermier ne parut pas plus embarrassé pour autant. Il enfourna les billets verts dans les poches de son pantalon flottant et lança :

— J'ai faim. J'ai envie d'un steak.

Il se leva en direction de la salle à manger. Nous le suivîmes. Pour ma part, je n'en avais pas terminé avec lui.

— Tu ne l'aimes pas, hein ? m'interpella Armando. Qu'est-ce que tu sais sur lui ?

— Rien.

— Tu es devenu blanc comme un linge quand tu as pris son jeu de cartes. J'étais là.

— Rien, je te dis.

En effet, rien qui puisse se décrire, rien qui puisse être confié à qui que ce soit. Nous avions été réunis par le hasard de cette embauche insolite, inattendue. Une fois notre mission accomplie, il y avait fort à parier que notre association serait dissoute, que nous nous séparerions pour ne plus nous revoir. Je n'avais donc aucune envie de m'étendre. Chacun porte le poids de ses fautes. Je comptais bien voir Angus Dulles s'en retourner d'où il venait avec les siennes. Sans regret.

En attendant, il nous fallait clairement mettre les choses au point avec lui et nous le rejoignîmes dans la salle de restaurant contiguë au saloon. Nous eûmes la surprise de le retrouver à une table en compagnie d'Elly Aymes. Elle s'acharnait sur une côte de bœuf dont elle engloutissait d'énormes quartiers en s'essuyant la bouche de temps à autres du revers de la main. Une vraie dame... En nous voyant arriver, elle repoussa son assiette comme si l'appétit lui manquait soudain.

— Eh, les garçons, vous vous êtes donné le mot ? Je ne vous ai pas invités. Allez jouer plus loin.

— Elle a le charme des duchesses, railla Armando.

— On doit discuter, décidai-je en tirant une chaise.

— Sans moi, décréta Elly en me foudroyant du regard.

— Tu ne vas nulle part, me fâchai-je, aigri par ses manières. On est tous embarqués dans le même bateau.

Elle sortit alors un petit revolver cinq coups, chromé comme un dollar neuf, dont elle poussa le canon sous mon nez.

— Tu vas m'en empêcher, gringalet ? À qui tu crois avoir affaire ? À une demoiselle en détresse ? Je vais te régler ton compte !

— Allons, duchesse, Galore a raison, intervint Armando avec un sourire désarmant, on doit parler. Il y a des choses louches dans cette affaire. J'ai lu les journaux, au sujet de la mort des trois Pinkerton à bord de ce train... Ce n'est pas clair.

Elly nous dévisagea à tour de rôle, avant de se résoudre à remiser son arme dans son corsage et se rasseoir.

— Je savais que vous m'apporteriez des problèmes, regretta-t-elle. Vous faites un bel échantillon de nigauds. Qui parle de monter dans ce train ? Qui parle de travailler pour ces pourris de l'agence Pinkerton ? Ce sont des brutes sanguinaires, qui pendent n'importe qui sur de simples soupçons ! Chez moi, d'où je viens, ils ont pendu un vieil ivrogne en l'accusant de vol sans la moindre preuve.

— Nous avons été engagés pour une mission, fis-je remarquer, et nous avons touché une solde pour cela. C'est même grâce à elle que tu es en train de te goinfrer.

— Je n'ai signé aucun papier. Rien ne m'engage, rien. Si ces pigeons distribuent leur fric à n'importe qui, tant pis pour eux. J'encaisse, mais pas question de monter dans leur foutu train. Quand je me serai remplie la panse, je mettrai les bouts. Demain, à la même heure, je serai ailleurs.

Je jetai un coup d'œil à Angus, qui, parfaitement étranger à notre conversation, venait de se faire servir un plâtras de purée en plus de sa viande.

— Si tu estimes ta vie à vingt-cinq dollars, Elly, pourquoi pas ? repris-je. Voler de l'argent à l'agence Pinkerton, qui peut pendre n'importe qui n'importe où, ce doit être une expérience...

— Ils ne m'attraperont pas.

— Non, pas même en mettant les restaurants sous surveillance ? glissa Armando en posant son menton dans la paume de sa main.

Elly essuya sa bouche une dernière fois et lâcha un rot bruyant sans égard pour les tables voisines.

— Vous m'énervez, les gars. Je rends mon badge. Salut.

Je la retins par le bras.

— On ne se connaissait pas encore ce matin, personne ne nous demande d'être bons camarades, seulement on est liés par un intérêt commun, et aussi un contrat, OK ? On nous a payés pour monter dans un train et agrafer un voleur à la tire doublé d'un meurtrier. Si tu voulais te débiner, il fallait le faire tout à l'heure.

— C'est toi qui es naïf. Pourquoi le vieux Pinkerton aurait-il besoin de nous ? Il possède tous les détectives dont il a besoin partout. Pensez-y, les cerveaux !

Elle se détacha de mon étreinte, jeta son badge sur la nappe et sortit de la salle en bousculant des cow-boys deux fois grands comme elle.

— Un beau tempérament, apprécia Armando en se caressant la joue, rêveur. Je parie deux dollars qu'elle ne sera pas au départ du train.

— Elle viendra, prédis-je.

— Pari tenu, lâcha Dulles en ouvrant enfin la bouche pour faire autre chose que manger.

— Merci pour ton soutien, Dulles, le félicitai-je, ironique. Je veux que les choses soient claires entre nous :

ne fais rien qui compromette la mission, ou ma parole, ça ira mal. Et je peux savoir la raison pour laquelle tu jouais tout à l'heure ?

— Ouaip, enchaîna Armando qui décidément ne semblait jamais prendre les choses à cœur, et surtout, explique comment tu arrives à mettre le feu aux cartes ? C'est quand même incroyable, ton truc.

— J'en sais rien, admit le fermier. J'ai ça dans les doigts. Si je me concentre, je peux enflammer une allumette, ou un bout de papier.

— Je ne veux pas le savoir, coupai-je. Des types t'attendent dans la rue en ce moment même. Comment tu comptes t'en sortir ?

Il haussa les épaules avec son large sourire benêt.

— Jusqu'ici, je m'en suis toujours sorti.

Désarçonné, je repoussai mon galurin sur le sommet de mon crâne, et tirai sur les poils de ma fine moustache. Pour un phénomène, c'était un phénomène.

— D'ici à demain, nous devons ressembler à des Pinkerton, agir comme des Pinkerton, parce que nous avons été engagés pour ça, éludai-je.

— Pourquoi tu donnes autant d'importance à cette mission ? s'interrogea Armando. On dirait que tu cherches à prouver quelque chose à quelqu'un.

— C'est mon problème.

— Alors même qu'il s'agit d'une arnaque ? Elly est une diablesse, mais elle a raison sur ce point : tu ne crois quand même pas à cette histoire d'embauche, non ? L'Agence choisirait des quidams dans la rue pour grossir ses rangs, précisément des jeunes gars écervelés et dans le besoin ?

— Ils sont peut-être pris de court. En tout cas, nous avons été payés et nous portons l'insigne.

— Comme ça ? Sur notre bonne mine ? Vingt-cinq dollars pour prendre le *Transcontinental* pour Sacramento comme de bons bourgeois ? Et tu oses me dire que ça te paraît naturel ? Toi qui peux reconnaître un tricheur aux cartes du premier coup ?

— Tout ce qui m'importe, répondis-je, c'est que ce train va vers l'Ouest et que, justement, c'est ma direction.

— Tu as raison. Pourquoi s'en faire ? finit par décréter Armando en se balançant sur sa chaise. On finira peut-être nous aussi les bras en croix sur la voie ferrée, victimes du Chapardeur.

— Rendez-vous sur le quai, conclus-je en me levant. Et toi aussi, Dulles. Si tu es encore en vie après cette nuit.

Le fermier acquiesça, peu pressé de quitter les lieux. Par acquit de conscience, je jetai un œil dans la rue. Étrangement, personne ne nous y attendait...

5. VAPEURS

Au cours de ma jeune vie, je n'étais monté à bord d'un train qu'une seule fois. Dépourvu de billet, je m'étais réfugié dans un wagon à bestiaux, dont j'avais été rudement délogé par deux contrôleurs au premier arrêt. Je conservais donc du personnel ferroviaire un souvenir aussi cuisant que les coups de trique qui avaient alors plu sur mes reins, et tandis que je me pressais sur le quai encombré, mon galurin crânement planté sur l'oreille, je ne pus m'empêcher d'éprouver un certain sentiment de revanche sur les événements.

Angus Dulles s'était déjà installé dans le compartiment et m'adressa par la fenêtre un signe entendu du menton. Il avait échangé ses frusques de fermier contre un costume rouge cramoisi un rien voyant. Le sombre Armando Demayo s'était juché sur le marche-pied du wagon pour guetter les allées et venues, son chapeau rejeté sur la nuque à la façon des Mexicains. Sous l'éclairage tamisé par les jets de vapeur, je lui trouvai indiscutablement l'air d'un Indien. Et même, d'un Navajo. Il m'adressa une mimique ironique.

— Départ dans cinq minutes et elle n'est pas là. Tu me dois deux dollars, *compadre* !

Notre pari m'était presque sorti de la tête. Je scrutai la plate-forme déserte et sortis deux billets verts, moins amer de m'en séparer que d'admettre que je ne reverrais probablement plus la fort jolie Elly Aymes. Malgré ses manières de fille publique, elle avait soulevé en moi une étrange émotion, semblable à celle éprouvée lorsque l'on contemple une fleur carnivore. C'est alors qu'une apparition tout en dentelles et rubans émergea de la brume en faisant rouler une ombrelle blanche sur son épaule. Je dus me frotter les yeux pour reconnaître en cette délicate jeune fille la gloutonne revêche qui m'avait menacé de son revolver la veille. Elly nous tendit sa main gantée avec une grâce affectée.

— Je dois crier à l'aide ? s'agaça-t-elle devant notre hésitation. Je suis empêtrée dans mes jupons. Vous attendez la pluie pour me filer un coup de main ?

Armando s'empressa pour avoir cet honneur – que je me gardai de lui disputer. Indiens et chats sauvages vont bien ensemble. Elly en profita pour m'écraser outrageusement les pieds puis, tout sourire, ramassa les volants de sa robe avec un parfait naturel pour s'installer en première classe. Armando lui emboîta le pas.

— Moi, je veille sur elle, me glissa-t-il. Toi, tu veilles sur le gros. Tu es l'intellectuel de la bande. Tu dois prendre un certain recul.

— Je te fais remarquer que vous n'avez pas de billet pour la première classe. Ni toi, ni elle.

Armando me rit au nez et s'introduisit dans la voiture luxueuse en me plantant là. Des coups de sifflet annonçaient déjà le départ. Je ravalai mon fiel et pris mes quartiers en deuxième classe, à côté d'un bon-homme bien vêtu au crâne dégarni qui m'accueillit avec un large sourire, visiblement ravi d'avoir un voisin avec qui nouer conversation.

— Bonjour, mon garçon ! Mon nom est Horace Ambler. Je suis photographe. Photographe artistique, j'entends, et accrédité auprès de la Compagnie des Chemins de Fer.

— Neil Galore, répliquai-je, boudeur.

La locomotive, une Fairy Queen noir et argent, fit ferrailler ses bielles, et la vapeur sous pression s'échappa de sa cheminée en nappes grasses vers le ciel. Le convoi était composé de cinq voitures, quatre destinées aux voyageurs, plus un wagon de queue cou-vert dévolu aux bagages. J'étais soulagé de quitter la sévère ville de Salt Lake en direction de l'Ouest, et lais-ser derrière moi des visages aussi peu affables que celui de Mrs Dobbs.

Cette pensée estompa pour un temps toutes les autres, puis vint l'ivresse de la vitesse. Car à présent, le train accélérait. Qui peut imaginer le sentiment gri-sant qui saisit tout voyageur jusqu'alors habitué aux insupportables cahots des diligences, lorsque ce monstre d'acier fait parler sa puissance ! Soudain, le paysage fuit le regard. On ne sait où donner de la tête, en avant, en arrière ou tout bonnement droit devant soi. Mille fourmillements vous parcourent le corps. Tout n'est plus que mouvement, tout n'est plus qu'émerveillement, celui engendré par la diversité des reliefs et des prairies qui s'enchaînent comme autant de tableaux de maîtres emportés par le vent. Ah ça, pendant des heures, le nez écrasé contre la vitre, j'emplissais mes yeux, mon esprit et mon cœur de ces paysages furtifs picorés au gré de cette chevauchée métallique.

— C'est votre premier voyage, non ? m'interpella mon voisin le photographe. Ne craignez rien. Je fais régulièrement le trajet d'Omaha à Sacramento. Il ne se passe jamais rien.

— C'était vrai jusqu'à avant-hier.

— Oui, oui, c'est bien fâcheux, mais je pense que le Chapardeur est loin. S'il est intelligent, et il l'est forcément, il doit se douter que l'Agence est désormais à ses trousses, et qu'elle ne laisse jamais impuni un crime commis contre ses députés.

— J'espère que vous avez raison, monsieur... J'ai oublié votre nom.

— Horace Ambler, photographe officiel de la Compagnie des Chemins de Fer. J'ai pris des milliers de clichés pendant la construction de ce tronçon qui traverse la montagne, vous savez ? Vous n'imaginez pas quelles furent les conditions des ouvriers qui posèrent les rails sur lesquels nous roulons ! Ils ont ouvert les montagnes Rocheuses en deux, rien de moins, souvent au péril de leur vie, pour que les deux tronçons se rejoignent à la date prévue. Ils ont accompli un travail de titans pour que nos territoires s'unissent enfin et forment une véritable nation. Après cette maudite guerre civile, c'était tellement nécessaire. Je retourne à mon atelier de Sacramento. Et vous, mon jeune ami, quel est le but de votre voyage ?

J'en avais presque oublié la raison de ma présence.

— Affaires, répondis-je prudemment.

Tandis qu'il me détaillait avec une certaine fierté ce qu'avait été son travail de photographe durant ces derniers mois d'achèvement de la ligne, je décidai que ma mission avait déjà commencé et je me mis à surveiller

les allées et venues tout en lui prêtant une oreille distraite. Bien sûr, je songeais aussi à Armando qui devait
s'efforcer de séduire la terrible Elly, prenant sur moi
une longueur d'avance que je méditais de combler à la
première occasion.

Je fis mine de fermer les yeux et Horace Ambler se
tut enfin. Reprenant le pouvoir sur mes émotions, je
décidai d'imiter le commun des gentlemen à bord :
jouer les blasés. Certains lisaient le journal, d'autres
faisaient la conversation ou jouaient aux dés. À la
faveur d'un virage, j'apercevais les premières classes.
Au fond du compartiment était aménagé un box en
cuir avec deux tables de poker. Je me promis d'aller y
faire un tour, plus tard.

La nuit tomba et ses encres estompèrent les contre-
forts de la montagne vers laquelle nous foncions à toute
allure. Une fois passé le premier émerveillement, force
était de convenir que le voyage serait long et monotone.
Dehors s'étendaient des territoires à peine conquis, aban-
donnés aux tribus indiennes et aux bandes de hors-la-loi
rejetés par les villes. Je commençais à m'assoupir quand
Armando déboula dans le wagon et s'assit en face de moi,
l'air visiblement dépité :

— Le contrôleur m'a éjecté, s'indigna-t-il. C'est
incroyable !

— Sans blague... savourai-je.

— Il n'a rien dit pour Elly. Il a poinçonné son ticket
comme si de rien n'était ! Tu sais pourquoi ? Elle a
trouvé le moyen de s'installer avec des hommes
d'affaire qui lui font la cour ! Tu verrais les mines
qu'elle leur fait. Elle n'a pas plus le droit que moi d'être
en première classe, sacré nom !

— Pour quelques sourires, elle voyage confortable-
ment à peu de frais. Tire une carte, sans me la montrer,
puis remets-la.

J'avais sorti mon jeu et commencé à le battre pensivement avec cette agilité des doigts qui avait toujours fait mon succès aux tables. Tout à sa rancœur, Armando accepta distraitement. En général, les sujets se laissaient faire. Personne ne voyait malice à se livrer à un jeu aussi innocent. À peine Armando eut-il remis son valet de carreau au sein du paquet que des éclairs passèrent devant mes yeux. J'aperçus du bétail s'emmêler au cœur d'un nuage de poussière, des grottes aménagées par la main de l'homme émerger du couchant, et une vieille femme malade qui agonisait entre des couvertures de l'armée des États-Unis. Mon expression dut trahir ce que j'éprouvais, car Armando me saisit vivement le poignet.

— Qu'est-ce que tu fais ? demanda-t-il d'un ton furieux.

— Tu as choisi un valet de carreau.

— Non, ce n'est pas ça. À quoi tu joues ? Hier soir, je t'ai vu avec Dulles. Tu lis quelque chose dans les cartes une fois qu'on les a touchées et ça ne me plaît pas.

— D'accord, admis-je. J'avoue. Cela m'est venu à l'adolescence. Ne me demande pas comment. Ces visions se présentent à moi sans que je le veuille. Parfois, c'est trop confus pour que je puisse leur prêter la moindre signification. Comme pour toi.

— Tu es un fichu menteur, Galore. Comme tous les joueurs. Ne me tends plus jamais ton maudit paquet de cartes ou je te le fais avaler.

— C'est noté, *compadre*. Je vais faire une ronde. Au fait, tu me dois deux dollars.

Tout en musardant, je voulais m'assurer de la vigilance du reste de notre équipe, à commencer par notre turbulente Elly. Armando ne s'était pas trompé. Elle jouait les femmes du monde dans le wagon de première classe en compagnie d'un cercle de soupirants d'un âge certain, dont les costumes en velours lustré, les montres en or et les cigares indiquaient sans aucun doute la bonne fortune. Comme j'arrivais à sa hauteur, notre jolie partenaire me coula un regard hostile, histoire de me faire comprendre que je n'étais pas le bienvenu.

— Désolé, lui glissai-je à l'oreille, mais nous sommes en mission et je venais m'assurer que tu ne l'avais pas oublié.

— Va te faire voir, obtins-je comme réponse.

— Ouvre l'œil.

Que faire, sinon battre en retraite ? Les beaux messieurs me considéraient de toute leur hauteur... Je saluai en pinçant le rebord de mon chapeau, non sans me promettre un jour d'apprendre la politesse à la demoiselle, et m'en allai secouer le gros Dulles qui somnolait :

— À partir de maintenant, on ouvre l'œil. Le Chapardeur agit de nuit et dans la zone que nous allons traverser.

Le fermier se souleva pour considérer le paysage qui se noyait dans le ciel étoilé.

— Où est Elly ? s'enquit-il.

— Partie chercher un protecteur, le renseignai-je.

J'allais poursuivre mon chemin quand il me retint par la manche avec force.

— Tu crois tout savoir sur moi, Galore, hein ?

— Je sais pour la ferme, Dulles, murmurai-je, comment tu y as mis le feu aussi facilement qu'à ces cartes hier soir au saloon. Aussi, je te conseille de ne jamais t'approcher de moi par derrière, d'accord ?

L'expression bon enfant de mon gros camarade s'estompa d'un coup et je crus voir se refléter dans ses yeux les flammes d'un incendie.

— Tu crois tout savoir en regardant dans un jeu de cartes ?

— Les cartes sont un résumé de la vie. Elles en contiennent toutes les facettes. On n'en retourne jamais une par hasard. Alors raconte. La grange a brûlé, et il y avait au moins une personne à l'intérieur avec les chevaux. Tu vas me dire qu'une lampe est tombée accidentellement et qu'une barre de bois a malencontreusement bloqué la porte d'entrée ?

Un vague sourire étira ses lèvres et son silence valut pour moi le pire aveu. Je décidai de couper là pour rejoindre Armando.

Celui-ci semblait tendu. Je pensai qu'il était encore fâché contre moi ou Elly, mais c'était tout autre chose qui lui faisait froncer les sourcils. Son regard se perdait dans l'immensité de la nuit et je compris qu'une crainte superstitieuse s'immisçait peu à peu en lui. Où était le beau hâbleur de Salt Lake ?

— Ce train ne veut pas de Pinkerton à son bord, souffla-t-il.

Cette affirmation catégorique m'ébranla malgré moi et je dus laisser passer un silence avant d'oser demander :

— Drôle d'idée. Qu'est-ce qui te fait dire ça ?

— Un pressentiment. Tu ne sens rien de tel ?

— Je ne suis pas navajo.

Cette fois, au lieu de se mettre en colère, il pouffa de rire.

— Il n'y a plus rien en moi de navajo. J'ai été enlevé à ma tribu à l'âge de quatre ans pour être confié à un orphelinat dirigé par un pasteur et sa femme. J'ai grandi parmi d'autres enfants blancs. J'ai appris à lire dans la Bible. Je ne devrais pas me plaindre. Beaucoup des miens ont été massacrés. Moi, j'en ai été quitte pour apprendre qui était le véritable Dieu et de quel côté se trouvait la civilisation. Je me suis échappé dès que j'ai pu monter à cheval. Ensuite, j'ai été engagé pour conduire les troupeaux. Et me voilà un Pinkerton.

J'avais entendu dire que l'armée avait souvent agi ainsi avec les enfants récupérés lors des raids menés contre les Indiens.

— Tu te rappelles quelque chose de ta petite enfance ? m'enquis-je, touché par son histoire.

— Non, rien, assura Armando, catégorique.

— Pas même d'une vieille femme mourante, enroulée dans une couverture militaire ?

Il me considéra alors comme si j'étais le diable en personne.

— Tu m'as juré que tu n'avais rien vu dans les cartes, tout à l'heure.

— J'ai menti. Je suis un joueur, tu te rappelles ?

Je lui aurais probablement demandé l'origine de ce souvenir récurrent si les lumières n'avaient pas alors baissé d'intensité. J'avais lu dans la presse qu'un tel phénomène s'était produit au cours des attaques du Chapardeur... Les autres passagers durent y songer car l'inquiétude fut palpable. C'était tout simplement le contrôleur qui procédait à la mise en veilleuse des lampes, afin d'aider les voyageurs à s'endormir. Cela aurait sûrement marché, si soudain, un cri indigné ne s'était élevé au fond de la voiture.

— Par exemple, ma broche ! Au voleur, on m'a pris ma broche !

6. LE CHAPARDEUR FRAPPE ENCORE !

— Agence Pinkerton, madame, à votre service...

La bonne grosse dame qui avait réveillé le wagon entier par ses cris examina nos insignes avant de nous toiser de la tête aux pieds d'un air offusqué :

— Vous ? Des Pinks ? Laissez-moi rire ! Contrôleur ! On m'a volée et ce sont sûrement ces deux jeunes qui se prétendent policiers.

Armando et moi nous dévisageâmes d'un air consterné. Nous n'avions pas envisagé un instant de n'être pas pris au sérieux, et voilà qu'alerté par le remue-ménage le contrôleur déboulait, flanqué d'un adjoint massif et peu accommodant.

— Ces deux-là ! se plaignit la victime en nous désignant d'un doigt vengeur.

— Nous sommes de l'Agence, répétai-je de ma voix la plus grave, en mission spéciale à bord de ce train.

Le contrôleur avait-il été prévenu de notre présence ? À mon grand soulagement, il prit ma déclaration pour argent comptant et se retourna vers la dame :

— Ces messieurs sont ce qu'ils disent et ils vont tout faire pour retrouver votre bien. N'est-ce pas, messieurs ?

— Quoi ? Ces fripons déguisés en Pinks ? Vous plaisantez ?

— Vous devriez sérieusement faire attention à vos propos, menaça Armando, très à cheval sur ses nouvelles prérogatives.

Elly arriva sur ces entrefaites dans un frou-frou de soie et de dentelles et se pencha vers la plaignante :

— On est des Pinks que ça te plaise ou non, alors tu cesses immédiatement tes braillements de truie, ou on te fait descendre sans attendre le prochain arrêt...

La bonne femme fut tellement estomaquée que cela lui cloua le bec. Déjà, Elly questionnait :

— Personne n'a bougé en première. Vous avez vu passer quelqu'un ?

— Je croyais que cette affaire ne t'intéressait pas, lui fis-je remarquer.

— Je suis là, non ? Armando, tu restes ici. Viens, Galore.

Le voleur s'était probablement enfui vers l'arrière du convoi et il fallait le retrouver avant qu'il ne se volatilise. Elly prit la décision d'inspecter minutieusement le wagon suivant, où l'émotion n'était pas moindre, écartant vivement les gens de son passage avec sa plaque officielle. Alors que nous inspections chaque travée, en quête d'un indice ou d'un comportement suspect, je songeai que les infortunés agents avaient probablement dû agir de même la nuit de leur mort, ce qui me donna à réfléchir.

— Où est-il passé ? s'agaça Elly.

Nous pénétrâmes dans le dernier wagon rempli de malles. J'avais beau ne pas être une mauviette, je devinai que nous avions sûrement affaire à un gars d'une force peu ordinaire, accoutumé à la cambriole et aux larcins les plus divers. Si nous tombions dessus, je doutais qu'il se laissât appréhender sans résistance. Je tirai mon petit Derringer chromé de sous mon gilet et m'avançai à pas de loup entre les bagages, la peur au ventre.

— Je croyais que tu n'étais pas armé, fit remarquer Elly.

— Ne jamais se fier à un joueur, me défendis-je.

Personne n'était caché dans ce compartiment et je me perdais en conjectures quand j'entendis un curieux grattement au-dessus de ma tête. Elly l'avait entendu aussi. Voilà pourquoi personne n'avait mis la main sur le Chapardeur. Une fois son coup accompli, il se réfugiait tranquillement sur le toit en attendant sans doute le moment favorable pour sauter en marche. Cela ne m'enchantait pas de monter sur le toit, moins encore de jouer les funambules, et personne n'aurait pu m'en persuader sinon... Sinon une force étrange au fond de moi que je n'avais jamais ressentie, telle qu'elle me donna le courage de m'accrocher à l'échelle, et de grimper, barreau après barreau au sommet du wagon...

Il était là, installé comme à une partie de campagne, à examiner son butin rassemblé dans un sac, nullement incommodé par la vitesse du convoi ni sa situation inconfortable. À première vue, il avait mon âge, un visage maigre, des yeux brillants... Je coinçai mon badge en évidence sur ma poche extérieure, comme j'avais souvent vu les Pinks le faire, et, sans éveiller son attention, me glissai pas à pas dans son dos. Mon beau chapeau lustré s'envola, les coutures de mon costume cédèrent et je dus me jeter à plat ventre pour n'être pas emporté comme un fétu de paille. C'est ainsi que le Chapardeur me vit. Il rangea posément son trésor et se redressa avec une agilité qui en disait long sur ses habitudes de monte-en-l'air. Je vis un sourire luire sous sa moustache tandis qu'en écartant bras et jambes à la façon d'un vautour prêt à prendre son essor, il fonçait sur moi. Le convoi filait à toute vitesse contre le flanc de la montagne, et cependant, dans sa drôle de posture, l'homme semblait se tenir en équilibre avec autant d'assurance que sur un trottoir de ville...

Il me saisit rudement par le col et me tira vers le rebord du toit avec la claire intention de me jeter par-dessus bord ! Je m'agrippai comme je pus, devinant les rochers acérés trente mètres en contrebas, qui attendaient de me broyer. Je parvins à me ressaisir et à pointer mon pistolet sur mon agresseur, mais celui-ci m'était supérieur en force et il écarta la menace en me plaquant les bras. Bien décidé à m'évincer du train, il me poussait dans le vide quand une jolie main toute garnie de dentelles plaça le canon de son Remington Pocket tout contre son oreille.

— Bouge un cil et je t'explose !

7. FORCE RESTE À LA LOI

— Souriez, messieurs, vous devenez célèbres !

Une explosion se produisit et une fumée jaune et nauséabonde s'éleva au-dessus du gros insecte métallique à trois pattes planté au beau milieu du quai de la gare de Sacramento. Horace Ambler émergea avec une mine épanouie de sous le drap de soie noire où il s'était réfugié en attendant que nous prenions la pose.

— C'est dans la boîte ! se réjouit-il. Et je vois d'ici le titre en première page de *La Gazette de Sacramento* : « Une nouvelle génération d'agents Pinkerton au service de la justice a mis la main sur le dangereux Chapardeur ! » Félicitations, messieurs. Vous pouvez arrêter de vous serrer la main !

Aveuglé par la lumière crue, j'avais encore des lucioles devant les yeux au point de ne plus savoir où je me trouvais. C'était bien la première fois que j'étais pris en photo, l'une des dernières inventions venues de l'Est dont la mode s'était propagée à la vitesse de l'éclair ! Une petite assemblée composée de voyageurs et d'employés de la Compagnie des Chemins de Fer nous applaudit, et tous quatre, Elly, Armando, Dulles et moi saluâmes, un rien cabotins, non sans serrer de près notre prisonnier penaud que cette effervescence laissait de marbre. Ambler nous distribua ses cartes de visite estampillées d'un fort modeste : « Horace Ambler, artiste photographe universel » avant d'ajouter :

— Ma boutique se trouve au bas de la grand-rue. N'oubliez pas de venir retirer vos tirages gratuits !

Un homme au tour de ventre imposant, le visage bouffi barré d'une épaisse moustache, s'approcha de nous, escorté par deux adjoints armés jusqu'aux dents, ce qui nous ramena promptement à la réalité.

— Je suis le shérif Holcombe, se présenta-t-il en découvrant son étoile accrochée au revers de sa veste. J'ai bien reçu votre télégramme. Cette canaille doit être mise en lieu sûr, et il doit être interrogé avant qu'un juge lui signifie les charges retenues contre lui.

Il nous toisa avec une certaine perplexité, un rictus aux lèvres :

— Je serai toujours étonné par les méthodes de l'Agence, railla-t-il. Envoyer des poussins à peine sortis de l'œuf pour une mission d'adultes entraînés... Mais bon, vous avez réussi là où tant d'autres ont échoué. Alors c'est lui, le fameux Chapardeur ?

— Pris en flagrant délit, confirma fièrement Armando.

— La main dans le sac, ajouta Dulles. Nous avons récupéré son butin.

Holcombe fit le tour de notre prévenu, qui ne pipait mot, tête basse.

— Mon gars, lui lança-t-il, tu n'en as pas fini avec les ennuis. Messieurs, accompagnez-moi au poste. Vous devez signer des papiers, c'est rapport à la récompense promise par la Compagnie.

Elly dressa aussitôt l'oreille.

— La récompense ?

— Eh bien, il s'agit quand même de dix mille dollars, précisa le shérif.

C'était une information qu'Allan Pinkerton n'avait certes pas mentionnée. Dix mille dollars, c'était une petite fortune. Nous ne nous fîmes pas prier. Quelques instants plus tard, notre suspect menotté fut poussé sans ménagement dans le bureau du représentant de l'ordre, et assis de force sur une chaise, sous bonne garde des adjoints. À présent, dans le clair-obscur de cette pièce minuscule tapissée d'avis de recherche, le Chapardeur n'avait plus l'air aussi terrible que l'autre nuit. Il se tenait tête baissée, la figure maculée de suie, et ses lèvres tremblaient d'angoisse sous sa moustache. Charlie Nonesuch, c'était son nom. Vingt-six ans, originaire de Pennsylvanie et il s'était déjà signalé par des vols à la tire et des menus larcins commis à bord de diligences... Il avait longtemps sévi sans violence, et donc sans trop attirer l'attention sur lui. Un artiste, du moins à sa façon.

— Tu as une chance de sauver ta tête, mon garçon, le prévint d'emblée Holcombe en se plantant devant lui, c'est d'avouer sans nous faire perdre notre temps. D'une part, la vérité soulagera ta conscience, d'autre part, elle abrègera tes tourments. Le pire moment n'est pas celui où la corde passe autour de ton cou, ce sont les heures d'attente.

— M'sieur, j'avoue tout, déballa Nonesuch. J'avoue avoir volé à bord de ce train. J'avoue avoir déjà volé à bord d'autres trains. C'est que j'ai une bonne mine, ma mère me l'a toujours dit, et j'en ai profité à tort, m'sieur, et croyez que je le regrette. Dieu m'est témoin que cette fois, si j'en sors entier, je ne me consacrerai plus qu'au bien de la communauté.

Holcombe lâcha un soupir désabusé. Il avait probablement entendu ces repentirs tardifs des centaines de fois. Il n'était pas près de s'en émouvoir et allait poursuivre quand Clay Harper s'encadra sur le seuil du bureau telle l'apparition de la Justice en personne. Il était saisissant dans sa redingote sombre, son feutre abaissé sur les sourcils. Sans doute nous avait-il devancés à Sacramento par un autre train car j'étais certain qu'il n'était pas dans le convoi qui nous avait conduits ici. Pour l'heure, c'était une question secondaire. Il prit le temps d'allumer une cigarette avant de poser sur le prévenu son regard sans indulgence :

— Il ne s'agit pas tant des vols, déclara-t-il d'une voix lourde de menaces, que des meurtres de trois députés de l'agence Pinkerton. Je veillerai personnellement à ce que l'on te pende, même si je dois me charger de la corvée en personne. Qu'attendez-vous pour l'inculper, shérif ?

— Mais m'sieur, se récria Nonesuch, ce que vous dites là, je... J'y suis pour rien ! Le Chapardeur, c'est pas moi ! Et d'ailleurs je n'étais pas dans ce train la semaine passée, celui où les Pinks sont morts. C'est en apprenant les faits dans le journal que je me suis dit comme ça : Charlie, si tu refais le coup sur la même ligne, les gens croiront qu'il s'agit du Chapardeur, non de toi !

À ce moment, je fus saisi par un curieux sentiment d'embarras, bien que je n'aie aucune sympathie pour cet aigrefin qui avait failli me tuer. J'échangeai un coup d'œil avec mes compagnons pour lire la même incertitude glaçante sur leurs visages. Nous venions d'être pris en photo pour avoir officiellement arrêté le Chapardeur. Notre exploit s'était déjà répandu en ville, et voilà qu'avec les accents de la plus naïve sincérité, notre bandit jurait ses grands dieux que nous nous étions trompés de client !

Alors que personne ne m'avait rien demandé, je me penchai sur lui à la façon d'un confesseur, comme si j'avais devant moi le pire escroc jamais assis à une table de jeu. Je mis en pratique ce que ma longue expérience de joueur m'avait enseigné : mouvement des yeux, frémissement des cils, étirement des lèvres, chacun de ces signes, et tant d'autres encore, me suffisaient d'ordinaire pour me faire une idée précise du partenaire de jeu que j'avais en face de moi.

— Tu n'es pas le Chapardeur, pourtant tu as bien essayé de me balancer du train, l'autre nuit ? lui rappelai-je. Et tu aurais certainement réussi si ma collègue ne t'avait pas arrêté.

— M'sieur, je me suis défendu ! Je n'avais pas envie d'aller en prison !

— Pour ne pas aller en prison, Charlie, peut-être faudrait-il commencer par mener une vie d'honnête homme et pas de voleur à la tire ? suggéra Elly.

J'épiais chacune des réactions du prévenu, mais décidément, je n'étais pas convaincu qu'il mentait.

— Tu sais qui est le vrai Chapardeur ? insistai-je. Tu l'as déjà vu ?

— Non, m'sieur, non. Et personne d'ailleurs, car lorsqu'il apparaît, la lumière s'éteint dans tout le train alors même que la manette qui actionne l'éclairage se trouve dans un boîtier sous clé. Il n'y a que le contrôleur qui en ait l'accès. Et ça, personne n'a pu l'expliquer, pas vrai ?

Je me rappelai du témoignage de l'institutrice agressée au cours du voyage où les trois Pinks avaient trouvé la mort, et ce détail me revint également.

Durant notre trajet, les lumières étaient restées allumées. Mince indice pour disculper Charlie Nonesuch.

— De toute façon, tu peux raconter ce que tu veux, intervint Harper. On peut t'inculper pour tentative de meurtre sur agent mandaté du gouvernement.

— Attendez, m'sieur ! se récria Charlie, il y a à peu près un mois, après avoir entendu parler des premiers exploits du Chapardeur, je me suis dit comme ça qu'il valait mieux faire un repérage d'abord. Alors j'ai acheté un billet à Omaha. Et il y a eu une attaque alors que le train franchissait les Rocheuses, à l'endroit où j'ai opéré moi-même l'autre soir. Vous ne me croirez pas mais la lumière a subitement baissé, on s'est retrouvés dans le noir et une femme a été agressée. On lui a volé ses bijoux et je vous jure bien que je n'y étais pour rien.

— Tu parles ! s'esclaffa le shérif. Quelle troublante coïncidence !

— Il y avait un témoin, ce Mr. Ambler, le photographe ! Il était assis à côté de moi ! Il peut attester que je n'ai pas bougé de ma place cette fois-là.

— Oui, cette fois-là, ricana Harper, mais toutes les autres ?

— Mr. Ambler a senti sa présence, renchérit Nonesuch. Comme nous tous. Et ça, ce n'était pas dans les journaux...

— Sa présence ? releva le Pink. De quoi tu parles ?

— Une sorte de bourrasque... Une bourrasque glacée qui a traversé la voiture comme un blizzard. Elle m'a frôlé et je jure que je n'ai rien pu avaler pendant deux jours, ni fermer l'œil. Voilà ce que je peux vous dire du Chapardeur. Quant à le voir... Non, personne n'a pu le voir. Vu qu'il n'est pas vivant !

Harper leva les yeux au ciel.

— Gamin, tes sornettes ne font que t'enfoncer un peu plus. Tu étais le seul voleur à bord du train. Shérif, enfermez-le. J'en ai assez entendu.

Holcombe n'avait rien à refuser à un officier de l'Agence et il s'exécuta. Fin de l'interrogatoire pour Charlie Nonesuch. Il eut beau supplier, invoquer notre clémence, il fut entravé de chaînes et enfermé à double tour dans la geôle humide au fond du bâtiment. Le shérif s'installa derrière son bureau en se grattant la tête, avant de rédiger un document qu'il poussa ensuite vers nous.

— L'affaire est close. Le juge décidera de la sentence dans la semaine. Ce satané voleur n'a rien à attendre. Agent Harper, si vous voulez bien signer en bas de la feuille, c'est une décharge pour le prisonnier en même temps que la reconnaissance pour la prime de dix mille dollars offerte en récompense par la Compagnie des Chemins de Fer. Vous trouverez ses bureaux plus bas dans la rue.

Harper hocha la tête, mais me tendit la plume.

— C'est à ces jeunes recrues que revient tout le mérite.

Nous avons cru nous évanouir. Dix mille dollars ! Même en partageant à quatre, ça faisait encore une coquette somme ! Nous nous empressâmes de signer et salivions déjà en songeant à tous les projets que nous pourrions réaliser quand Harper ajouta avec un sourire tout miel :

— Bien entendu, la prime revient intégralement à l'Agence, qui vous versera dix dollars supplémentaires pour la résolution de l'affaire. Comment croyez-vous que Pinkerton fait fonctionner ses bureaux ?

Notre pâleur soudaine dut exprimer notre déception mieux que tous les discours, mais qu'aurions-nous pu objecter ? Harper était le patron. À l'arrivée, il nous restait seulement de quoi nous payer un bain et un bon repas. Le shérif Holcombe partit dans un soliloque qui en disait long sur la manière dont cette affaire l'avait préoccupé ces derniers mois :

— Quand même, j'ai du mal à croire que ce gamin se soit rendu coupable de toutes les attaques, soupira-t-il. Car ces vols durent depuis le printemps, depuis la jonction des deux tronçons de la ligne transcontinentale, et toujours dans le même secteur, à l'embranchement de la passe Crèvecœur, en pleine montagne. J'ai reçu ici un paquet de plaintes et de témoignages concordants à ce sujet. Les lumières qui s'éteignent, un froid glacial dans le wagon et cette... cette silhouette qu'on aurait aperçue.

Harper s'esclaffa :

— Vous n'êtes pas en train de me dire que la ligne de chemin de fer est hantée ?

— Ben, vous savez, depuis toujours, ces hautes montagnes recèlent des secrets au point que les Indiens leur vouent un véritable culte. Ce sont pour eux des terres sacrées. Par ailleurs, de nombreux phénomènes ont été signalés par des colons. Non, bien sûr, je n'irais pas jusqu'à dire qu'il s'agit d'une apparition surnaturelle, mais... Enfin, ce qui importe, c'est qu'on tienne un coupable, pris la main dans le sac. Il sera pendu, c'est à peu près sûr.

— S'il est innocent, intervint Elly, pourquoi serait-il condamné ?

— Il n'est pas innocent, corrigea Harper. Au mieux, il est complice de vol avec violences. Merci de votre accueil, shérif. Vous savez pouvoir compter sur nous en cas de problème.

— Sûr. Et merci pour votre intervention. Encore un beau succès qui va ajouter à la gloire des Pinkerton ?

Pour réponse, Harper pinça le bord de son stetson avec l'élégance des détectives, tels qu'on les imagine dans les gazettes, et prit congé. Nous le rejoignîmes sur le trottoir de bois dans l'attente d'un mot de félicitations. Nous en fûmes pour nos frais.

— Vous repartez par le prochain train pour Salt Lake, c'est-à-dire ce soir. Là-bas, vous attendrez mes instructions.

Sur ces paroles on ne peut plus chaleureuses et réconfortantes, il nous planta là, grimpa sur un grand cheval bai et disparut au petit trot.

8. DOUTES

Nous nous retrouvâmes tous les quatre affligés de la même mine sombre au saloon le plus proche. Tout en sirotant des bières en silence, nous retournions sans aucun doute les mêmes interrogations sur notre sort. Je ne voulais rien en dire, mais j'avais surtout l'impression que l'Agence se débarrassait de nous à présent que notre mission avait été accomplie. Bien sûr, nous avions encore notre badge, et par là même nos attributions, pourtant...

— Il n'est pas question que je retourne à Salt Lake, dans ce pays de bigots, enragea Elly. Il n'y a pas de travail pour les danseuses là-bas, les gens sont trop coincés.

— Parce que tu es danseuse ? demanda Armando. C'est ton vrai travail ?

— Ouaip, et chanteuse, aussi. J'attendais une occasion pour me rendre à San Francisco. Là-bas, il se monte une nouvelle revue chaque jour ou presque.

— Elle a raison, entérina Dulles.

— Quoi ? le repris-je sèchement. Tu es danseuse aussi ?

Ne sachant sur qui ou sur quoi passer nos nerfs, voilà que nous nous griffions bêtement les uns les autres, sans motif. Au bout d'un moment, j'estimai nécessaire de crever l'abcès, et d'exposer la véritable raison de notre mauvaise humeur :

— Et si Charlie Nonesuch disait la vérité ? glissai-je en triturant ma chope vide. S'il se passait vraiment des phénomènes surnaturels à bord des trains ?

— Ce type raconterait n'importe quoi pour sauver sa peau, douta Armando. Et je le comprends, remarque bien.

— Tout ce que je sais, intervint Elly, c'est qu'il aurait balancé Galore sur les rails si je ne lui avais pas mis mon revolver sur la tempe.

J'aurais préféré qu'elle évite d'évoquer cet épisode, qui n'était pas à mon avantage.

— C'est entendu, admit Armando. Mais Nonesuch n'est pas si costaud. Il serait venu à bout de trois agents entraînés et armés ?

— En les prenant un par un et par surprise, pourquoi pas ? lança Dulles. Il a si facilement eu Galore !

— Que cet aigrefin de Charlie Nonesuch ait commis nombre d'attaques, aucun doute, puisqu'il l'avoue lui-même, insistai-je. Mais est-il l'assassin des Pinkerton ? Est-il le vrai Chapardeur, c'est autre chose.

— C'est bien beau de pleurnicher par peur de la corde, pesta Elly, peut-être fallait-il penser aux conséquences avant de s'en prendre à des voyageurs... Je me fiche bien de ce qui lui arrivera. J'ai faim. Et je vais m'acheter de nouveaux vêtements. Ma jolie robe est ruinée.

Je commençais à bien la connaître, notre jeune compagne aux cheveux frisés, et je devinais derrière son apparente sécheresse un cœur prompt à s'émouvoir, qu'elle désirait museler à toute force. Sans doute avait-elle beaucoup souffert en dépit de son jeune âge pour ainsi refréner toute tendance à la sollicitude. Et je n'avais pas besoin de mon jeu de cartes pour en arriver à cette conclusion.

— Je serais d'avis d'interroger le photographe avant notre départ, suggérai-je. S'il confirme le témoignage de Nonesuch, nous aurons au moins mis au jour des circonstances atténuantes.

— Je suis d'accord, acquiesça Dulles.

Voulait-il s'attirer mes bonnes grâces, ou s'était-il pris de pitié sincère pour notre prévenu ? Il déplaisait à Armando de se retrouver en minorité et il tenta de nous dissuader :

— À quoi ça vous servira ? Si le shérif avait jugé utile d'interroger Horace Ambler, il l'aurait fait, non ?

— Il a raison, approuva Elly. Tu accordes trop d'importance à cette histoire, Galore. On a un peu d'argent. Passons du bon temps en attendant l'heure du train demain matin.

J'avais pris ma décision.

— Faites ce que vous voulez. Moi, je vais interroger Ambler.

Sur ces paroles, je pris congé de mes partenaires pour descendre la rue jusqu'à l'échoppe en bois qui affichait clairement les prétentions « universelles » de son propriétaire. Comme j'en franchissais le seuil, Dulles arriva sur mes talons en courant, une main pour retenir son chapeau.

— C'est moi qui parle, prévins-je.

Le bonhomme soigné, à la calvitie luisante, nous accueillit avec un petit sourire compassé.

— Ah ! Ces jeunes messieurs de l'Agence ! Votre tirage n'est pas encore prêt, mais j'y travaille. J'y travaille !

Il faut le temps pour que le papier sensible révèle l'image, vous voyez... Je compte vendre des clichés partout en ville à raison de cinquante *cents* l'unité.

— Ce n'est pas la raison de notre venue, répondis-je. Il paraît que vous aviez déjà rencontré l'homme que nous avons arrêté, Charlie...

— Eh bien, donnez-moi un instant, feignit de se remémorer Mr. Ambler. Voyons... Je suis tout disposé à répondre aux questions, bien entendu. Votre célébrité est assurée, vous savez, et cela grâce à moi ! Vous ignorez encore la portée d'une photographie publiée dans le journal. En un clin d'œil elle fait de vous des hommes courtisés, et sensiblement plus riches ! On écrira peut-être des récits sur vous d'ici peu. Voyez, à Saint-Louis où j'exerçais avant, il fallait que...

— Vous avez voyagé avec Charlie Nonesuch voici quelques semaines, oui ou non ? coupai-je sans ménagement.

Je me sentais désormais investi d'une autorité incontestable. Je coinçai mes pouces sous la couture de mon gilet en fixant mon témoin d'un œil soupçonneux.

— C'est possible, avoua celui-ci. Comment être sûr ? Je gagne parfois mon pain dans les trains. Les gens adorent se faire tirer le portrait avec mon appareil.

Voyant que Dulles commençait à farfouiller dans la boutique avec ses manières de bison, Ambler décida d'avouer :

— Je... Peut-être que ce jeune homme ne m'était pas inconnu.

— Vous avez été compagnons de voyage, non ?

— Une fois, peut-être.

— À quelle date ?

— Il y a environ six ou sept semaines, mais je vous assure...

— Aucun incident ne s'est produit pendant votre voyage ? le pressai-je.

— Si. Si, une femme s'est plainte de ce qu'on lui avait arraché son collier, mais à présent, on sait qui a fait le coup, puisque le Chapardeur voyageait avec nous...

— Il s'est volatilisé une fois son coup réussi ?

— Je... Non, maintenant que vous le dites, il était à mes côtés. Enfin, vous savez, je dormais. Il a pu se lever sans que j'y prenne garde. Messieurs, je vous en prie, ne me harcelez pas avec vos questions. Je vous l'ai dit. Ce sont des souvenirs confus. Je serais déjà incapable de vous préciser mon emploi du temps pour la journée d'hier, alors les détails d'une nuit dans le train, il y a plus d'un mois !

Je sentis que nous ne tirerions plus rien de ce petit bonhomme ciré de la tête aux pieds. Je lui tendis l'une des cartes de visite aux armes de l'Agence.

— Si un souvenir vous revient d'ici demain, je serai au *Grand Hôtel*.

Le photographe rangea mon petit carton blanc à l'effigie de « l'Œil grand ouvert » comme s'il s'agissait d'une précieuse relique et me promit tout ce que je voulais.

— Je ne l'aime pas, confia Dulles quand nous ressortîmes. Il nous cache des choses.

— C'est possible, mais on ne peut rien contre lui.

— On pourrait revenir ce soir et le pendre par les pieds à son lustre. Ça rend bavard, tu peux me croire.

Je scrutai mon gros fermier en costume rouge. Ce n'est pas que j'avais une dent contre lui, après tout, il ne m'avait rien fait personnellement. Et même, depuis que nous faisions équipe, son comportement avait été irréprochable. Seulement je ne pouvais effacer de ma mémoire la vision que j'avais eue de son passé dans les cartes. Elle me revenait en permanence sitôt que je croisais son regard faussement candide.

— À t'entendre, on croirait que tu as fait ça toute ta vie.

Dulles esquissa un sourire.

— Chez moi, on pendait les cochons par les pattes avant de leur ouvrir le ventre. On n'a pas encore trouvé de meilleure façon pour fabriquer jambons et saucisses. Maintenant, on devrait attendre notre train. Pour ce qui me concerne, j'ai un engagement chez Pinkerton. C'est la première fois de ma vie que j'ai l'impression d'être traité autrement que comme un benêt. Je retourne à Salt Lake attendre les consignes. D'ici là, tu vas de ton côté, je vais du mien.

Il convertit aussitôt ses paroles en acte et s'éloigna de sa démarche rustre. J'eus soudain l'impression qu'une ombre me recouvrait. Je levai les yeux pour découvrir trois cow-boys revêtus de cache-poussière couleur crème qui me toisaient à contre-jour du haut de leurs montures. Je leur trouvai un étrange air de ressemblance, comme s'ils étaient frères ou cousins. Même stature, même regard perçant sous les sourcils fournis et grisonnants, même pâleur de visage sous la barbe touffue. Ils portaient des six-coups chromés à la hanche, non sur la cuisse, à la façon des anciens militaires, et leur cartouchière était copieusement garnie. Ils me firent l'impression d'appartenir à la caste si redoutée des « tueurs à louer » que l'on rencontre parfois dans les grandes villes, toujours en quête d'une embauche. Comme je ne les connaissais pas et que je n'avais aucune raison de leur adresser la parole, je me contentai de les saluer en pinçant le rebord de mon chapeau avant de m'esquiver.

Arrivé au coin de la rue, toutefois, j'osai regarder par-dessus mon épaule : les cavaliers blêmes s'étaient volatilisés.

9. CE QUI CLOCHE

La perspective de retourner à mon point de départ ne m'enchantait guère. Bien sûr, j'appartenais désormais à l'Agence et je devais suivre les instructions, mais l'idée de quitter Sacramento me brisait le cœur. Dressée au pied de la Sierra Nevada, la cité fluviale poussait ses pontons de bois sur les bords d'un agréable confluent où venaient s'amarrer les bateaux à aubes. Ses rues propres et rectilignes, bordées de belles demeures en bois peint aux jardins soigneusement taillés, n'étaient pas sans me rappeler le Saint-Louis que j'avais connu dans mon enfance.

Je décidai de vivre en prince les dernières heures que m'accordait ce court séjour. Je pris une chambre dans un hôtel chic, pourvue d'une baignoire en porcelaine, fit de copieuses ablutions avant de m'acheter une chemise blanche et un costume d'un beau velours turquoise. Un tour chez le barbier et je fus à nouveau moi-même, récuré et élégant, ma petite moustache lustrée avec soin. Un petit restaurant attira mon attention sous les arcades de la grand-rue. J'y pénétrai en me promettant une bombance comme jamais. Je m'assis à côté d'un cow-boy que je ne reconnus par sur l'instant.

— Ne me dis pas que tu es entré par hasard ? m'interpella-t-il la bouche pleine.

C'était Elly, la fourchette en suspens, une mimique agacée peinte sur le visage. Elle avait entièrement changé d'allure, et avec ses vêtements d'homme, son feutre de bouvier retenant ses cheveux blonds, c'est à peine si je la reconnus.

— Si, justement, répondis-je, mais on peut faire comme si on ne se connaissait pas.

— Précisément, on ne se connaît pas, Galore. Tu me cours après ou quoi ?

— Tu es ravissante déguisée en vacher. La grosse laine, le cuir, ça convient à ton caractère.

Le serveur arriva juste à temps pour empêcher ma voisine de me jeter les restes de son assiette à la tête. Pour qui se prenait-elle, cette mal embouchée ? Je passai commande d'un steak et d'une bière, et une fois servi, je fis en sorte d'ignorer sa présence. Curieusement, ce fut elle qui renoua la conversation.

— Je reconnais qu'on n'est pas partis du bon pied, constata-t-elle. Je ne suis pas mauvaise fille, mais je ne te sens pas, Galore. Tu n'es pas plus mal fichu qu'un autre, pourtant...

— Je ne suis pas ton genre, m'efforçai-je de plaisanter.

— Non, c'est ce que disent les autres à ton sujet. Armando...

— Ah, si Armando le dit !

— Tu apprends des choses sur les gens sans leur demander leur avis. Je suis une fille simple. J'aime les types simples. Sans ombres.

J'étais soulagé qu'il ne s'agisse que de cela. Par le passé, mon curieux don m'avait souvent attiré l'hostilité. Non que j'en aie fait étalage, mais à mesure que mes amis de rencontre me connaissaient, ils devinaient que je les perçais à jour plus qu'ils ne le souhaitaient. J'avais à cœur de montrer à Elly que je n'étais pas un sinistre individu. Je tirai mon paquet de cartes pour le lui tendre.

— Coupe et prends-en une.

— Pas question. Je sais comment tu procèdes.

— Tu as simplement peur que je voie la personne que tu es vraiment, derrière tes façons de bouledogue ?

— Je n'ai peur de rien, mais je te l'ai dit : tu ne me plais pas. Et voilà, tu m'as coupé l'appétit.

Elle renonça de fait au chou à la crème dont elle était en train d'enfourner d'énormes bouchées.

— Raison de plus, insistai-je.

Elle m'arracha les cartes des mains, en tira une au hasard, qu'elle reposa sur la nappe et se leva vivement.

— Tu me laisses tranquille, là, c'est bon ?

— À tout à l'heure au train ? risquai-je.

Elle ne daigna pas répondre, régla sa note et quitta les lieux.

Je pris ensuite la carte qu'elle avait abandonnée et, sans la retourner, la glissai furtivement dans la poche intérieure de mon veston. J'eus une vision très brève, une vision de plantes vertes et de tableaux, et d'un long couloir où des filles en jupon passaient d'une chambre à une autre. Un orphelinat, peut-être. Ou pire.

Le soir venu, j'arrivai le premier sur le quai de la gare.

Puis ce fut au tour de Dulles, et enfin, dix minutes avant l'heure, ils apparurent au bout du quai, marchant côte à côte et se souriant comme s'ils partageaient quelque secret : Armando et Elly. Ce fut suffisant pour assombrir mon humeur. Quelque chose en Elly me séduisait plus que je n'aurais voulu me l'avouer, en dépit de ses mauvaises manières et de son langage de soudard. Et puis, même si ma fierté en souffrait, ne m'avait-elle pas sauvé la vie quand Nonesuch s'était jeté sur moi ?

Pour ajouter à mon découragement, le train qui s'avança dans un nuage de vapeur était bien moins princier que celui de l'aller. Clay Harper s'était gardé de mentionner qu'il s'agissait d'un simple convoi de marchandises ne transportant que des ballots de paille et des billes de bois mal dégrossies.

Tous les quatre nous grimpâmes à contrecœur dans l'un des deux wagons couverts pour nous installer tant bien que mal parmi le fourrage jeté en vrac, sans doute destiné à quelques fermiers des plaines. Le train s'ébranla. La perspective du voyage à venir me ferma machinalement les yeux et je devins sourd aux conversations de mes compagnons. Armando et Elly se racontaient des anecdotes vécues dans telle ou telle ville. Dulles ronflait. Le grincement des boggies mis à mal par les détours sinueux de la voie me rappela la chanson, cette ancienne chanson... Je me rappelai la première fois que je l'avais entendue.

C'était à Saint-Louis, des années auparavant.

Je me revis traversant la rue principale avec ma mère, si belle dans ses jupes sombres à motifs dorés, et le front ombré par ce chapeau en forme de barque que j'appréciais tant lui voir porter. J'avais des difficultés à la suivre parce que mes jambes étaient encore courtes et qu'elle marchait très vite. Elle pénétra au saloon de *La Pierre Précieuse*, dans le quartier français. Elle m'installa à une table avec un verre de lait, tandis qu'elle parlementait avec un homme en tablier blanc qui arborait une épaisse moustache et des rouflaquettes. Après quelques palabres, elle monta sur un petit tréteau et se mit à chanter cette chanson entraînante en diable dont le titre m'était resté – à défaut des couplets : *Qu'est-ce qui cloche chez toi ?*

Oui, c'était ma mère, cette somptueuse créature debout sur scène devant une salle vide, son chapeau à la main, qui s'accompagnait en frappant dans ses mains et en esquissant une drôle de danse qui lui faisait tourner les genoux... Je riais de la voir faire...

Je sortis le petit cadre de ma poche et contemplai longuement le portrait sous le verre brisé. Tout ce qui me restait d'elle. Qu'était-elle devenue ? Respirait-elle encore l'air de ce monde ? La fatigue prit le dessus. Je m'endormis en serrant dans mon poing mon bien le plus précieux, comme un talisman qui saurait me protéger de tout.

C'est un courant d'air glacé qui m'éveilla, comme si on m'avait soufflé sur la figure... Sans doute le train avait-il entamé l'ascension des montagnes et il n'était qu'à entendre le rythme moins assuré des bielles pour s'en convaincre. Dans ce maudit wagon, pas de capiton pour protéger du froid de la montagne... J'eus l'impression qu'une main curieuse palpait la mienne et s'efforçait de desserrer mes doigts crispés sur le cadre doré. L'idée qu'on essayait de le voler me saisit au milieu de ma somnolence et je me redressai d'un bond, furieux. Grâce à la lune qui filtrait par une planche disjointe du toit, je distinguai mes compagnons avachis, épuisés par la rude journée qui avait été la nôtre. Je me frictionnai les épaules. Décidément, j'étais gelé ! Je compris brusquement que la rigueur du climat n'en était pas la seule raison.

Non. Nous n'étions plus seuls dans le wagon...

Mes mains devinrent moites comme des éponges et une vilaine sueur dégoulina de mon front. À moins d'une enjambée, la paille remua. Je reculai, les bras ballants, le souffle court. Un imposant ballot, projeté avec violence, dégringola du haut et m'envoya bouler contre la porte du wagon, qui s'ouvrit à toute volée. Je vis alors une silhouette foncer droit sur moi, un géant vêtu d'une redingote défraîchie, surgi de nulle part. Je me sentis empoigné par une main de fer. Mon cri de terreur fut emporté par le vent de la nuit, alors que je basculais dans le vide...

10. L'HABITANT
DU CAMPEMENT MORT

Ce n'est qu'après avoir dévalé dix mètres de pente, roulé par miracle au milieu des rochers sans se briser les os, puis atterri dans des buissons qu'on réalise à quel point la vie ne tient pas à grand-chose, et que, les bons jours, la chance s'en mêle. J'étais étendu sur un lit de cailloux, grelottant dans mon beau costume en lambeaux, avec la lune au-dessus de ma tête, qui semblait me chanter une berceuse... Une atroce sensation de froid l'emportait sur la douleur, comme si j'avais longtemps séjourné entre des pains de glace. J'étais presque intact, à l'exception de plaies et de bosses superficielles. Je parvins à remonter le long du remblai jusqu'à la voie, que je suivis à l'aveuglette, d'un pas chancelant et mécanique. J'étais encore capable de marcher. Égaré au beau milieu de la Sierra Nevada, terrifié par ce que je venais de vivre autant que par ma situation à venir, je me raccrochai à des souvenirs réels et banals, comme un lever de soleil contemplé depuis la véranda de l'affreuse Mrs Dobbs, à Salt Lake, ou l'arrivée d'un troupeau de bovins en plein centre d'Omaha, ou encore les rues peuplées d'élégants à

Saint-Louis. Pourtant, j'avais beau faire, tout me ramenait à la vision de terreur qui m'avait saisi à bord du train, à ce spectre gris et poussiéreux surgissant de la paille pour me précipiter hors du train.

Le Chapardeur... Cette fois aucun doute, c'était vraiment lui. Je l'avais vu de mes yeux. J'avais senti ses mains glacées sur moi, et ce n'était pas l'effet de mon imagination. Je savais désormais pourquoi les trois Pinkerton n'avaient pu lui opposer la moindre résistance. Il n'appartenait pas réellement à notre monde. Et tout en ressassant cette évidence, je marchais, enjambant mécaniquement les traverses de la voie, sans but. Gagner la prochaine gare à plus de quatre-vingts kilomètres ? Je n'en aurais pas la force mais je devais simplement agir afin que l'idée de mort ne s'installe pas en moi. Rongé par le froid, privé d'eau et de nourriture dans cette contrée sauvage, je n'avais guère de chances de survie, à moins de trouver rapidement du secours.

Mes partenaires s'apercevraient bientôt de mon absence, si ce n'était déjà fait. Ils donneraient l'alerte et se mettraient en quête de ma personne. À condition qu'ils n'aient pas été eux aussi victimes du Chapardeur. Mon intelligence reprit enfin le dessus. Je cessai de mettre un pied devant l'autre pour partir en quête d'un abri. Nul ne peut imaginer la solitude qui s'empare de vous en pleine nuit dans ces montagnes austères, où le vent même semble vous murmurer des menaces à l'oreille. J'étais un enfant de la ville, pas un cow-boy habitué à la solitude des immensités. J'entrepris de gravir le versant ponctué de gros rochers en maudissant chaque nuage filandreux qui voilait la lune et ralentissait mon ascension.

Alors que j'atteignais un plateau piqueté de résineux, je fus pénétré par l'étrange sensation de n'être plus seul. Quelque part au milieu des criques rocheuses retentirent de petits bruits, roulements de cailloux et reniflements de bêtes sauvages... Des loups, ou des coyotes, suivaient peut-être ma trace en vue d'un prochain dîner. Je sortis mon Derringer. C'était une arme de saloon ou de ruelle, non de plein air. Je savais qu'elle me serait peu utile si une meute se jetait sur moi.

Je me retrouvai presque par hasard parmi une pépinière de curieuses cabanes assez rustres, semblables à des paniers renversés, juste assez grandes pour abriter une ou deux personnes assises. Des branches assemblées par des cordes naturelles en constituaient l'armature, dont on avait habilement colmaté les brèches avec de l'herbe et de la boue séchée. Il s'agissait certainement d'un campement indien abandonné. Je ne savais si je devais me réjouir de ma bonne fortune ou redouter le pire quand, dans l'obscurité de l'une de ces huttes, une allumette s'enflamma qui jeta sa lueur orangée sur un visage blême et osseux. Je braquai mon pistolet en tremblant. Une voix posée me prévint :

— Pas plus loin, pèlerin, et baisse ton arme. À cette distance, de toute façon, elle ne vaut rien contre ma Winchester.

J'avais subi trop de mésaventures en une seule nuit pour m'en laisser compter. Mon dos me faisait souffrir, j'étais gelé jusqu'à la moelle des os. Je n'avais aucune intention de me faire déloger :

— Qui êtes-vous ?

— Et toi ?

— Je ne cherche pas les problèmes. Je... Je suis tombé du train.

— Oh, ça, je m'en serais douté, répliqua l'inconnu. On n'arrive jusqu'ici que par accident. Ou parce qu'on a perdu la raison.

L'allumette qu'il tenait toujours entre pouce et index s'est éteinte et nous nous retrouvâmes pour un instant plongés dans le noir, à nous évaluer l'un l'autre. Puis une flamme plus vive grandit entre nous deux et je me rendis compte que mon interlocuteur venait d'allumer un tas de bois mort dressé en lisière de son abri. Il veillait là, assis en tailleur, son stetson déformé orné d'une plume d'aigle abaissé sur le front. Pas seul : une splendide carabine à répétition, au manche lustré et à la boîte de culasse dorée comme un soleil, était posée en travers de ses genoux. Je rangeai mon Derringer sous ma ceinture.

— Vous avez là un bel objet, notai-je. Winchester 1866, modifiée par Henry, non ? Magasin de 11 ou 15 cartouches. Elle se recharge à la vitesse de l'éclair et tire juste.

— Tu l'as dit. Aussi, contente-toi de gestes lents.

— Mon nom est Neil Galore, m'sieur. Et je suis vraiment tombé du train.

— Ces temps-ci, ça tourne à l'épidémie.

— Je voyageais avec des compagnons. Je suppose qu'ils donneront l'alerte au premier arrêt, mais en attendant, si vous n'y voyez pas d'inconvénients, j'ai besoin de me réchauffer.

Je jetai un œil aux environs. L'inconnu répondit à la question que je n'avais pas encore formulée :

— Le camp est vide. Y a que toi et moi. Approche. Tu n'as pas l'air bien dangereux. Prends tes aises.

Je m'empressai de me frictionner bras et mains au-dessus des flammes.

— Je m'appelle Weyland, se présenta l'homme. Calder Weyland.

Le nom me disait confusément quelque chose. Sans doute l'avais-je lu ou entendu récemment mais, sur le moment, j'étais trop occupé à retrouver mes sensations pour aiguillonner ma mémoire. Quoi qu'il en soit, Weyland était un homme assez âgé aux longs cheveux gris flottant sur ses épaules étroites. Son visage marqué semblait porter le souvenir de mille voyages, mille expériences. Mille dangers aussi... Il avait un regard noir et perçant, et la moustache en croc arquée autour de sa bouche serrée semblait mesurer chaque parole qui en sortait. Son accoutrement en peau de bison, son stetson défraîchi me firent penser à ceux des éclaireurs qui guidaient les convois de colons à travers les Grandes Plaines. Oui, Calder Weyland semblait plus fait de corde et de cuir que de chair et d'os.

Il resta longtemps à m'examiner sous toutes les coutures. Peu m'importait. J'estimais que c'était un maigre prix à payer pour goûter à nouveau le plaisir simple de sentir le sang couler dans mes veines. Il fit bientôt réchauffer une gamelle dont il me versa une portion pâteuse au fond d'un gobelet en bois. Je ne me rappelai pas avoir mangé de pires haricots de ma vie et, en temps ordinaire, mes papilles délicates auraient trouvé à redire, mais j'avalai tout, tenaillé que j'étais par la faim.

— C'est comment ? demanda mon hôte.

— C'est... C'est unique, hésitai-je.

— Sûr, j'suis pas un grand cuisinier, mais ça tient à l'estomac comme la boue tient aux briques.

Alors que je terminais mon gruau, les petits bruits que j'avais entendus dans la dernière partie de mon ascension résonnèrent si près que j'en tressaillis.

Weyland saisit une pierre dans un tas qu'il avait amassé derrière lui et la lança dans le noir à l'aveuglette. Il provoqua une bordée de piaillements assez curieux, qui ressemblaient un peu à des rires.

— Drôles de bêtes... m'étonnai-je.

— Sûr, répliqua Weyland avec un demi-sourire. Elles ont deux pattes, portent des vêtements en peau de lapin, et s'amusent à faire peur à ceux qui s'invitent sans prévenir sur leur territoire.

— Vous voulez dire... Ce sont des Indiens ?

— Doucement pèlerin, pas de gestes brusques. Après tout, nous empruntons leur bien. Ils seraient en droit de nous chercher noise, mais ils préfèrent s'amuser avec nous. Laisse faire.

— J'ai entendu des choses terribles au sujet des Indiens de la sierra. Plusieurs bandes ont attaqué la voie ferrée pendant sa construction.

— Si tu voyais quelqu'un traverser ton jardin pour creuser ton salon avec pelles et pioches, voler ton garde-manger et emmener tes enfants, je crois que tu aurais aussi des envies de représailles. Mais ceux dont tu parles sont des Indiens de la Prairie. Ici, nous sommes de l'autre côté des Rocheuses. Ceux qui jouent aux coyotes sont sûrement des Paiutes.

— Jamais entendu parler.

— Ce sont des descendants des Indiens primitifs, des chasseurs-cueilleurs qui passent leur temps à déménager. Nous occupons présentement l'un de leurs campements morts. Je parie qu'ils sont installés plus haut, exposés au bon soleil pour affronter l'hiver. Plus tu grimpes, moins il fait froid. Les Paiutes occupent cette région austère depuis des siècles en observant le même mode de vie simple. Pêche dans la rivière, chasse au lapin ou à l'opossum. Ils mangent aussi des serpents et des lézards à ce qu'on dit, mais je ne l'ai jamais vérifié de mes yeux. L'arrivée du train a bouleversé leurs habitudes.

J'eus beau scruter les environs, il me fut impossible de déceler la moindre présence humaine.

— Ne te fatigue pas, me tranquillisa mon compagnon. Ils se montreront au petit matin s'ils en ont envie. Tu peux dormir sur tes deux oreilles.

— Vous n'avez pas peur qu'ils nous attaquent ?

— S'ils avaient voulu nous couper la gorge, ils l'auraient déjà fait, et tu n'aurais même pas entendu un souffle de vent. Ainsi sont les Paiutes. Des sages, mais pointilleux sur les convenances. Bonne nuit, pèlerin.

Je fis confiance à son jugement et me pelotonnai au plus près du feu. De toute façon mes yeux se fermaient d'eux-mêmes. Alors que je flottais déjà au seuil du royaume des rêves, une question m'échappa des lèvres :

— Comment peut-on être assez fou pour venir camper ici ?

Je n'obtins pas de réponse.

11. LE PÈLERIN ET LES CONTEURS

C'est une sublime odeur de viande grillée qui m'arracha aux songes troublés de l'aube. Bien sûr, pour un petit déjeuner, c'était un mets très inhabituel pour moi qui aime les choses dans le bon ordre, mais j'étais d'humeur à m'accommoder de tout. Je me frictionnai le visage pour reprendre contact avec la réalité avant de repousser la couverture dont on m'avait obligeamment recouvert. Deux délicieux lapins fraîchement tués rôtissaient lentement au-dessus de la braise. Le soleil étincelait dans un ciel que traversaient paresseusement des flocons de nuage. Le silence à peine troublé par des babils d'oiseaux, l'air vif qui semblait purger mes poumons m'en auraient presque fait oublier les événements de la nuit. Mais j'étais en vie, n'est-ce pas ? Quoi de plus merveilleux ?

— Mr. Weyland ?

Mon bon samaritain, à qui je devais gîte, couvert et protection, s'était éclipsé et, honnêtement, je craignis un instant qu'il n'ait plié bagages sans dire « au revoir ». Je fus rassuré en avisant un cheval pommelé qui broutait à quelque distance, apparemment libre de ses mouvements.

— Weyland ?

— Doucement, pèlerin ! Pas la peine de hurler.

Je ne pus m'empêcher de sursauter. Le vieil homme était arrivé dans mon dos sans un bruit, chargé des gourdes qu'il avait probablement remplies dans un ruisseau proche. Il les jeta devant la hutte, puis releva le bord de son stetson édenté pour contempler les pics impressionnants qui nous encerclaient.

— La montagne s'engourdit, constata-t-il. Les premiers froids viendront plus vite cette année. Autrefois, ici, il n'y avait rien. Rien que des Paiutes et des castors. Et une fichue armée de lapins, suffisante pour nourrir des régiments. C'était différent.

— Vous avez connu ce temps là, vous ?

— Ah, pèlerin ! soupira-t-il avec mélancolie. Si tu savais ! J'ai connu ce temps et le temps d'avant ce temps. J'en ai tracé des pistes, depuis Saint-Louis jusqu'en Californie, soit pour aider à planter les lignes de télégraphe, soit pour dessiner le futur itinéraire des voies ferrées ! J'ai conduit des diligences, mené des troupeaux. J'ai toujours eu besoin de vastes espaces sans clôtures.

Quel âge pouvait-il avoir ? Je ne l'appris jamais, de même que j'eus toujours une certaine difficulté à reconstituer clairement ce qu'avait pu être le déroulé de son existence chaotique. Quoi qu'il en soit, je portais déjà la main sur les lapins cuits quand il donna une tape sur les doigts à la façon d'un maître d'école.

— Pas pour toi. Non, pour toi, ce sont les fayots. Les lapins sont pour nos invités.

— Vous attendez du monde ? m'étonnai-je. Les Indiens sont partis ?

— Pas vraiment. Ce sont eux mes invités.

— Vous avez réfléchi au fait qu'ils pouvaient nous tuer d'abord, nous scalper et manger les lapins ensuite ?

— Ne parle pas comme un crétin de la ville. Les Paiutes ont un gros défaut : ils sont curieux, et ils adorent palabrer, mais ils ne scalpent pas les gens...

— Comment en êtes-vous si sûr ?

— Parce que le matin est là et que nous sommes encore en vie toi et moi. Les Paiutes nous considèrent comme le vent, la pluie, ou la maladie, une calamité dont on ne peut se débarrasser. Au début, certains se sont joints à leurs voisins Shoshones, qui sont plus agressifs, pour attaquer les travailleurs de la voie ferrée, c'est vrai. Ils ont vite constaté que ça ne servait à rien. Le train continuait d'avancer. Ils ont décidé d'abandonner le secteur pour bâtir leurs camps ailleurs. Ce sont des êtres intelligents, et intègres, aussi. Dis voir, quel âge as-tu, pèlerin ?

— Je n'en sais rien, répondis-je prudemment. J'avais six ans le jour où ma mère m'a abandonné dans un saloon. Depuis, j'ai perdu le compte.

— Tu viens de l'Est, pas vrai ?

— Saint-Louis.

— Et tu as mis tout ce temps pour arriver dans ces fichues montagnes ? Dis-moi un peu comment on tombe d'un train à ton âge ? Tu étais ivre ? Tu pensais à ta douce amie ? Ou tu apprenais simplement à voler ? Vas-y, je t'écoute. Je suis toujours curieux des expériences des autres.

Je savais qu'il allait tôt ou tard me poser la question et j'avais en prévision échafaudé une histoire assez banale pour être crédible, et certainement loin de la réalité... Mais je sentis peser sur moi son regard sombre sous ses sourcils broussailleux, qui semblait me prévenir : « Pèlerin, mieux vaut dire la vérité vraie... » Et j'eus la certitude que cette vérité, il la connaissait déjà.

La chance s'en mêla, qui m'évita d'aborder la question : un petit groupe d'Indiens venait de se présenter à la lisière du campement mort. Quatre hommes : trois jeunes à pied et un plus âgé, qui aurait pu être leur père, fièrement dressé sur une bourrique efflanquée. Ils portaient des tuniques en peau de lapin d'une extrême simplicité, rien à voir avec ces costumes à franges voyants avec lesquels les Indiens des Plaines sont si souvent représentés dans les magazines. Ils n'étaient pas armés, hormis un couteau de chasse passé à la ceinture, et inspiraient moins la crainte que la compassion.

En un instant, ma méfiance à leur égard tomba.

— Voilà nos invités ! annonça Weyland à mi-voix en leur adressant avec la main étendue l'un de ces signes de paix compris par toutes les tribus de la nation indienne.

Sans un mot, le plus âgé de nos visiteurs descendit de sa mule pour s'asseoir sur la couverture disposée à son intention face à nous. Il mangea du lapin, but de l'eau fraîche, et ne partagea qu'ensuite avec ses compagnons. Puis les palabres commencèrent. J'eus alors le sentiment que Calder Weyland s'était installé dans le campement mort en toute connaissance de cause : il avait voulu attirer l'attention du clan paiute établi plus en amont. Plutôt que les effrayer en se présentant à eux, il s'était arrangé pour qu'ils viennent à lui, ceci dans le but évident de les questionner.

Incapable de vraiment communiquer, le Blanc et l'Indien piochaient l'un et l'autre dans des vocabulaires appartenant à tel ou tel autre peuple, assaisonnant le tout d'imitations, d'onomatopées et même de rires. L'ambiance semblait à la détente, et j'enrageais de ne pouvoir saisir un traître mot de leur conversation. Puis Weyland aborda un sujet apparemment plus sérieux où je compris qu'il était question du train, des montagnes, et des nuages. Les figures des Paiutes se refermèrent. Ils échangèrent des regards lourds de sens. Je n'en pouvais plus de me mordre la langue d'impatience.

— Weyland, traduisez-moi, je vous en prie !

Le vieux renard avait tout bonnement oublié ma présence, et c'est d'une voix distraite qu'il me rattacha à la conversation.

— Notre invité se nomme « Poisson-qui-file-sous-la-pierre », expliqua-t-il. Il appartient au clan des Mangeurs de Noix. Il n'en est pas le chef, note bien, car les Paiutes n'en possèdent pas. Disons qu'il est une sorte d'autorité morale, car le plus ancien, le plus sage. Nous avons parlé des temps anciens, de la saveur délicate de certains lézards grillés, et aussi de l'origine de son nom. Il m'a répondu qu'on l'avait appelé ainsi dans son enfance car il était le pire pêcheur qui soit. Sitôt qu'il arrivait près d'une rivière, le poisson filait se cacher...

— Merveilleux, convins-je avec impatience. À l'instant, il semble pourtant moins joyeux.

— Oui, car nous avons aussi parlé du Puha...

— Le Puha ? Qu'est-ce que ça signifie ?

Weyland esquissa une moue sous sa moustache.

— Difficile à traduire dans notre langue. Appelons ça une force spirituelle, quasi surnaturelle, qui est partout, qui flotte autour de nous, dont chaque être vivant serait doté selon les croyances des Paiutes. Le Puha peut devenir aussi maléfique que positif, selon la manière dont on la contrôle. Et il confère aux êtres humains des pouvoirs qui dépassent l'imagination.

À ce stade, Poisson-qui-file-sous-la-pierre fit un signe dans ma direction, comme s'il s'enquerrait de mon identité. Weyland s'empressa de satisfaire sa curiosité avec force gestes dont je ne compris pas la subtilité.

— Que lui avez-vous dit sur moi ?

— Que tu étais un jeune fou qui avait sauté du train pour venir goûter de mon lapin. Et aussi que tu savais, au sujet du Mauvais Esprit qui voyage à bord...

Je compris qu'il était inutile de démentir cette dernière affirmation. Ainsi que je l'avais pressenti, Weyland n'ignorait rien de ce qui m'était arrivé, et, plus surprenant encore, l'Indien non plus. Il n'était qu'à les voir tous les deux scruter ma réaction. Alors je hochai la tête. Le Mauvais Esprit, c'était ainsi que les Paiutes surnommaient le Chapardeur. Ils m'avaient percé à jour sans que j'eusse à raconter mon incroyable histoire. Quelque part, j'en fus réconforté, mais aussi, mon inquiétude en fut accrue. Ainsi, la présence à bord des trains d'un être maléfique était donc bien connue...

— Que sait-il au sujet du Mauvais Esprit ? m'enquis-je.

— C'est justement ce que je m'efforce d'apprendre, répliqua Weyland d'une voix assourdie.

Poisson-qui-file-sous-la-pierre sortit de sa poche une feuille de maïs séchée pour la rouler avant d'étendre son bras en direction de l'ouest. Il mima des explosions et des rochers qui s'éboulent. Puis il se mit à baragouiner et le sourire de Weyland s'effaça peu à peu tandis que ses yeux plissés s'embuaient d'une émotion mal contenue.

— Il parle de la construction du train, traduisit-il d'une voix blanche, de la façon dont les Hommes-Tonnerre, ceux qui portent une ruche sur la tête, ont ouvert le ventre de la montagne pour faire passer le cheval de fer. Comment beaucoup se sont sacrifiés dans le feu et ont péri dans les éboulements. Et comment le Mauvais Esprit qui les poussait à la mort s'est retrouvé prisonnier de la montagne.

Sur le moment, ce charabia m'apparut aussi clair que l'eau boueuse d'une mare, mais je compris que le temps des précisions n'était pas venu car un silence pesant, lourd de recueillement, s'instaura entre le sage Paiute et le vieil éclaireur. Ce dernier se ressaisit et indiqua par signes ce que je perçus comme l'expression des sentiments profonds qui agitaient son âme. Poisson-qui-file-sous-la-pierre s'en émut et montra des larmes imaginaires sur ses joues avant de se lever et de remonter sur le dos de sa mule. Ses compagnons le raccompagnèrent sans avoir prononcé un mot.

Depuis la crête, toutefois, l'Indien s'arrêta pour désigner avec son bras une sorte de chemin au travers de la montagne. Weyland lui adressa un signe d'amitié en retour, et nous nous retrouvâmes seuls. J'en profitai pour me jeter sur les restes du lapin.

— Je dois lever le camp, pèlerin, indiqua Weyland en recouvrant le feu avec la pointe de sa botte. Comme je m'y attendais, mon nouvel ami a éclairé ma lanterne. Il est temps pour moi de partir.

— Dans quelle direction allez-vous ?

— Vers Sacramento, mais en passant par un chemin détourné. Le Paiute m'a assuré que le Mauvais Esprit rôdait par ici. Et je dois le rencontrer.

— Je viens avec vous. Moi aussi, j'ai des raisons de savoir qui il est.

— Tu ne devais pas attendre des secours ?

— Je vous ai trouvé, non ?

Weyland me dévisagea comme s'il me voyait pour la première fois.

— C'était lui, pas vrai ? Le Mauvais Esprit ? Il t'a poussé du train, comme il l'a fait avec les trois Pinkerton ? Un homme immense, vêtu d'un frac poussiéreux et d'un chapeau plat...

— C'est ce que j'ai cru voir, aussi fou que cela paraisse. En quoi cette affaire vous concerne-t-elle ?

Alors Weyland tourna les yeux vers la montagne.

— Parce que je me suis juré d'avoir la peau de celui qui a tué mon frère Salomon...

12. DE L'HISTOIRE ANCIENNE

Après qu'il fut remonté en selle pour prendre la direction que lui avait indiquée l'Indien paiute, Calder Weyland ne desserra plus les dents. J'étais en croupe, agrippé à lui. J'estimai qu'il n'était pas très opportun de le questionner plus avant. Du moins je savais désormais pourquoi le nom de Weyland m'était familier : Salomon était l'un des trois Pinkerton qui avaient été victimes du Chapardeur.

Nous suivîmes au pas une piste torturée parmi les rochers, à une altitude suffisante pour que se déploie en dessous de nous le paysage grandiose et sauvage de la Sierra. Les chroniqueurs vantent plus volontiers la beauté des Grandes Plaines, et je conviens avec eux que leurs vastes étendues herbeuses délicatement vallonnées possèdent un charme poétique. Ici, rien de tel. Où que le regard se pose, la roche se montrait nue, ingrate et revêche, dessinant des brisures comme s'il lui importait d'exposer les mille avaries causées par les éléments. Parfois, elle concédait une oasis de sapins déplumés, ou une bande de pâture grasse enluminée d'un ruisseau. Ce décor renvoie le voyageur à son propre cheminement, parsemé de tourments et d'éphémères quiétudes. Je songeais à mon passé, à ses ombres, ainsi qu'à mon avenir incertain. Au fil des heures, l'espoir de revoir Elly et les autres s'effilochait. Aucune amitié ne nous liait. Aucun devoir. Pourquoi se seraient-ils préoccupés de mon sort ? Y tenais-je vraiment, d'ailleurs ? Elly Aymes. Ce n'était pas faute de vouloir la détester, mais j'avais beau faire, son image revenait sans cesse devant mes yeux.

Alors que nous atteignions une crête, Weyland se retourna sur sa selle pour scruter le chemin parcouru avec un froncement de sourcils. J'aurais voulu le questionner au sujet de son frère Salomon, aussi bien que sur la discussion qu'il avait eue avec le vieux Paiute et dont bien des aspects m'échappaient encore. Hélas, Weyland ne parlait que lorsqu'il l'avait décidé. Il vérifia que sa Winchester 66 glissée dans ses fontes en coulissait sans peine avant de me lancer, mine de rien :

— Tu as toujours ton jouet à deux coups, pèlerin ?

— Des ennuis ?

— J'en sais rien encore. Raconte-moi comment tu t'y connais si bien en armes...

— J'ai fait un bout de chemin avec un colporteur quand j'étais plus jeune. Il m'a sorti des saloons où j'étais homme à tout faire. Sans lui, je viderais encore les crachoirs à Saint-Louis. C'était un brave type qui n'avait jamais de pistolet sur lui alors qu'il en vendait. Il a été abattu dans le dos et son chargement a été volé. Personne n'a jamais retrouvé les tueurs. On va loin, comme ça ?

— Plus très loin. Je cherche un passage que notre ami paiute m'a conseillé de visiter, la passe Crèvecœur. Je crois que nous y sommes...

Il désigna un canyon barbouillé d'ombres qui sinuait en contrebas. D'une pression des talons, il encouragea sa monture à glisser le long de la pente.

— Dis-moi comment tu as été engagé par l'Agence, pèlerin, me lança-t-il soudain alors qu'il engageait sa monture sur la pente.

Je le soupçonnai de vouloir détourner mon attention, car jusqu'ici, il s'était assez peu préoccupé de savoir qui j'étais et de l'endroit d'où je venais.

— J'ai un nom, Weyland. Vous pouvez m'appeler Galore. Et même Neil si ça vous chante, et je l'accepterai volontiers parce que vous avez l'âge d'être mon grand-père. Mais « pèlerin », ça devient agaçant.

— J'en prends note, pèlerin. Donne ton histoire.

Je lui racontai tout d'un trait : mon embauche à Salt Lake, l'arrestation on ne peut plus héroïque de Charlie Nonesuch, soupçonné d'être le Chapardeur, et bien sûr le sinistre épisode du train de marchandises. La moustache de Weyland frissonna. Ses yeux s'assombrirent et devinrent aussi insondables qu'un nuage d'orage.

— Comment est-il, ce Nonesuch ? Je veux dire, quelle taille, quel poids ?

— Jeune, un peu plus grand que moi et plus costaud. Il ne s'est pas laissé prendre sans résister. Malheureusement, j'ai bien l'impression qu'il est ce qu'il dit : un opportuniste.

— Mon frère Salomon avait une tête de plus que toi, des épaules du double des tiennes, et il était armé d'un Remington Army dont il savait bougrement se servir. Soit celui qui a réussi à l'éjecter du train était un hercule de foire, soit c'était autre chose. Et je suis d'avis que c'était autre chose, pas vrai, pèlerin ?

— Je ne suis plus sûr de rien. Cela semble si... incroyable. Qui s'acharne à voler les voyageurs à bord du *Transcontinental* ? Quelle sorte d'être ?

— C'est ce que Salomon voulait découvrir, et ça pour le compte de la Compagnie des Chemins de Fer. Il avait certains soupçons, qu'il a confiés à son épouse dans ses lettres. Elle me les a fait lire. Elle craignait pour lui et m'avait demandé d'intervenir, en dépit de nos piètres relations. Et je venais d'arriver dans la Sierra quand le drame s'est produit. Est-ce que j'aurais pu l'empêcher ? La question me hante chaque fichue nuit.

Il marqua un silence avant de reprendre :

— Salomon et moi, on s'entendait comme chien et chat. En fait, on était fâchés depuis des lustres. Je n'étais pas d'accord avec son désir de s'engager chez les Pinks, et lui n'était qu'une tête de mule. Tout ça n'a plus d'importance. Il est bien tard pour arranger les choses. Ne te dispute jamais avec ceux de ton sang, pèlerin, c'est comme s'infliger des blessures à soi-même. Au moins, je me suis juré de savoir comment il a trouvé la mort et qui est le responsable. Et toi, tu me dis que tu aurais rencontré le vieil Allan Pinkerton en chair et en os, au restaurant *Chez Rouillard*, à Salt Lake ?

— Je n'étais pas seul. J'ai trois témoins. C'est Mr. Pinkerton en personne qui nous a remis nos insignes et notre solde. Je peux vous le décrire : un grand barbu solide, l'air pas commode, avec...

— Oui, oui, coupa Weyland, je ne nie pas que ce soit possible. Sauf que ce bon vieil Allan a récemment eu une attaque et ne quitte plus Chicago depuis des mois, d'où il tire les ficelles de l'Agence comme une araignée au centre de sa toile. Et puis le restaurant dont tu parles, il est fermé depuis des années...

Ce dernier point me désarçonna.

— Pourtant, tout s'est passé comme je vous l'ai dit...

— Je ne te traite pas de menteur, pèlerin, non. Je sais qui me ment, qui me dit la vérité, aussi vrai que je flaire un opossum à l'odeur de sa pisse dans l'herbe sèche. Seulement l'Agence recèle bien des mystères, qui ne sont pas révélés au commun des mortels. On prétend qu'Allan Pinkerton possède des connaissances en magie noire et que ce sont elles qui contribuent à l'efficacité de sa police. Dis-moi un peu : tu as affronté le tribunal des Douze Cagoules ? Tu as juré sur la Bible Noire, qui ne contient que les évangiles interdits ? Tu as réussi ton passage dans la Chambre de la Terreur ?

Ces étonnantes questions, qui m'étaient posées alors que l'ombre du ravin nous recouvrait tout entiers, me firent froid dans le dos. Je sortis mon insigne pour l'examiner comme si c'était la première fois.

— Non, je n'ai jamais entendu parler de ces noms bizarres, et je n'ai subi aucune épreuve de ce genre. Nous avons été recrutés par simple annonce dans le journal, laquelle était publiée par erreur dans la rubrique nécrologique.

Weyland esquissa un sourire.

— La rubrique nécrologique... Et cela ne t'a pas paru bizarre ?

— Une erreur de mise en page, ça arrive, non ?

— C'est bien leur façon de faire ! Dis-toi qu'à cette minute, toi et tes camarades n'êtes pas plus engagés chez Pinkerton que je suis accepté chez les Apaches. Dis-toi que le vieil Allan vous a seulement utilisés comme appât. Il vous a déguisés en détectives, pour savoir si le Chapardeur réagirait, et pour ce travail, pas question de gaspiller de vrais agents...

— Si c'était le cas, ce serait parfaitement ignoble !

— Pinkerton a même utilisé un nourrisson une fois, pour arrêter un gang. Ça a mal tourné. Une balle a traversé le berceau... Un coup de chance, seul le biberon a été touché.

J'en restai pantois.

— D'où vous viennent ces connaissances au sujet de l'Agence ?

— Ah ça... J'en connais un bout, c'est sûr, admit l'éclaireur. J'en étais moi aussi, au tout début, avant de rendre mon insigne. C'est pour ça que je ne voulais pas que mon frère s'engage chez eux, et lui, il n'a rien voulu entendre. Sois plus malin. Dès que tu pourras, fiche le camp.

— Notre engagement par l'Agence était une mascarade ?

— Tu crois que l'on entre comme ça dans cette maudite agence Pinkerton ? Pour le grand public, il s'agit seulement d'une police privée. Moi, j'affirme qu'il s'agit d'une organisation occulte, certes destinée à lutter contre le crime, mais qui a tissé des réseaux à tous les niveaux de l'État, ce qui lui donne un pouvoir extraordinaire. L'Agence est devenue une secte au pouvoir sans limites, dont je ne suis pas certain que Pinkerton lui-même connaisse tous les rouages. Le Président des États-Unis en personne la craint. C'est l'Agence qui a fait basculer la guerre entre le Nord et le Sud, grâce aux renseignements collectés par ses espions. C'est elle aussi qui l'a porté au pouvoir, après l'assassinat de ce pauvre Lincoln... Mon vieil Allan est devenu l'un des hommes les plus puissants d'Amérique. Et il n'engage pas n'importe qui, et pas sans raison. À toi d'en déduire ce que tu veux. Wow !

Il retint soudain sa monture. Un barrage de fil barbelé entravait le chemin, et un panneau de bois cloué sur un poteau prévenait le passant sans équivoque :

« Passe Crèvecœur Propriété des Chemins de Fer. Entrée interdite. »

13. COUPS DE FEU DANS LA SIERRA

— Pèlerin, passe-moi la pince que j'ai dans ma fonte ! s'exclama Weyland en considérant la barrière. Jamais je n'ai laissé ces saloperies de barbelés empêcher le passage.

Je lui tendis l'instrument, une belle cisaille bien aiguisée, et, sans hésiter, il entreprit de découper la clôture jusqu'à nous ouvrir un passage assez large pour nous y faufiler. Mais au moment de remiser son attirail, il abaissa curieusement le rebord de son stetson sur ses sourcils et marmonna :

— Pèlerin, cours te planquer. Ça va chauffer.

Bien que les environs fussent paisibles, que rien n'eût laissé soupçonner le moindre danger, je fis exactement ce qu'il ordonnait, me fiant à ses sens aiguisés. À peine m'étais-je mis à couvert derrière un rocher qu'une pétarade du diable éclata, dont l'écho creva le silence du canyon. Des balles ricochèrent en tous sens en émiettant la roche autour de nous.

Je sortis mon Derringer tout en scrutant l'extrémité de la passe et c'est alors que je les vis apparaître, ces trois cavaliers pâles vêtus de cache-poussière beiges que j'avais déjà croisés à Sacramento devant chez Mr. Amber. Ils fonçaient sur nous à bride abattue en faisant feu avec leurs six-coups. Je crus d'abord que Weyland m'avait emboîté le pas pour se mettre à l'abri. Nullement. Il avait chassé son cheval d'une claque pour demeurer seul adossé à la clôture désossée, sa carabine blottie au creux de ses bras. Ainsi dressé face à l'ennemi, il m'apparut d'une stature plus imposante qu'à l'ordinaire.

Les assaillants passèrent en contrebas de mon refuge, et je fis feu sur eux avec mon deux-coups, malheureusement sans les ralentir. Je désespérais voir Weyland réagir au danger quand il épaula sa Winchester avec une adresse stupéfiante. Il tira et rechargea trois fois, pas une de plus, et les agresseurs se désintégrèrent littéralement sur le dos de leurs chevaux emballés, comme s'ils avaient été constitués de terre ou d'argile.

Dans le silence impressionnant qui suivit, je fus d'abord incapable d'esquisser un mouvement, ou de risquer une parole, ébahi par cette scène inimaginable. Puis enfin, j'osai quitter mon rocher pour me pencher au-dessus des victimes, momies imprécises enroulées dans leurs pardessus poussiéreux, le stetson adhérant encore à leurs cheveux blanchis. Mes mâchoires se mirent à trembler : c'étaient pourtant des hommes bien vivants qui nous donnaient l'assaut un instant auparavant...

— Bon sang, m'exclamai-je, qui étaient ces types ?

Sans s'émouvoir le moins du monde, Weyland fouilla les dépouilles l'une après l'autre et extirpa de leurs poches trois montres à gousset en argent de fort belle facture. Il en ouvrit les couvercles et les éleva à hauteur d'yeux pour les contempler avec une profonde expression de dégoût avant de me les tendre.

— Vise un peu, m'invita-t-il.

J'observai que les cadrans indiquaient la même heure : trois heures dix. À ceci près, détail étrange, que nous étions aux environs de midi. Sur l'intérieur des fermoirs était gravée la même inscription :

« Par les Honneurs, la Brigade Pâle ».

Sans prévenir, Weyland posa les montres sur une pierre et les fracassa méthodiquement à coups de talon.

— Qu'est-ce que vous fabriquez ? m'exclamai-je. Elles valent sûrement une fortune !

— Ce sont des montres maudites, pèlerin, qui n'ont jamais donné l'heure exacte, répliqua l'éclaireur. Toujours arrêtées sur 3h10, va savoir pourquoi. Satané bon sang, je n'avais pas eu affaire à ces faces de craie depuis la guerre... La Brigade Pâle, cette fichue secte ! Ils sont au crime et au mal ce que l'agence Pinkerton est à la justice. À la bataille de Shiloh, qui a décidé pour grande partie de notre victoire finale, nous les nordistes, on s'est toujours demandé comment ces satanés sudistes avaient réussi à bouler nos lignes et nous acculer à la rivière alors que nous étions supérieurs en nombre. Ulysse Grant, oui, l'actuel Président, était à notre tête cette nuit-là... Il a dû déguerpir, lui, le maître de guerre que rien n'effrayait. Je les ai vus là-bas, les cavaliers de la Brigade Pâle. Ils formaient un bataillon d'exception, qui attaquait nos flancs seulement après la nuit tombée, en surgissant de nulle part. Comme des fantômes...

— Weyland, vous n'êtes pas sérieux.

— J'ai l'air d'un comique ? Tu as des yeux pour voir, non ? De quoi sont faits ces tueurs, nul ne le sait. Ont-ils quelque chose d'humain en eux ? Mystère. En tout cas, ce ne sont pas des balles ordinaires qui peuvent en venir à bout, seulement des projectiles Minier, et encore spécialement dosés avec de l'argent pur. Nous l'avons découvert presque par hasard, vers la fin de la guerre. Ne me demande pas pourquoi, c'est ainsi. La Brigade Pâle a ses secrets, que nul ne peut percer. Pas même les Pinkerton qui leur ont déclaré la guerre.

Weyland poursuivit la fouille méthodique des cache-poussière, et, au bout d'un moment, il agita une autre curieuse trouvaille au-dessus de sa tête, une carte officielle logée dans un petit portefeuille en cuir noir.

— De mieux en mieux ! s'exclama-t-il en me l'offrant.

Je n'en crus pas mes yeux.

— *Police des Chemins de Fer*, lus-je à voix haute.

14. PARMI LES PIERRES

Je n'eus aucun scrupule à rattraper l'un des chevaux de nos agresseurs pour mon usage personnel. Je remarquai qu'il portait une cicatrice en forme d'étoile sous l'oreille gauche. Comme j'attirais l'attention de mon compagnon sur cette bizarrerie, il s'exclama :

— C'est ainsi que la Brigade Pâle marque ses bêtes. Il s'agit d'un charme secret qui annihile en elles toute peur et les rend infatigables.

Je caressai la bête, qui semblait plus effrayée que menaçante. Lorsque je mis le pied à l'étrier, non seulement elle ne manifesta aucun signe de réticence, mais, plus encore, je crois qu'elle m'adopta avec soulagement. Weyland et moi nous apprêtions à poursuivre notre route quand l'écho d'un galop se répercuta entre les falaises. Sur nos gardes, nous fîmes face aux nouveaux venus, qui s'empressèrent de nous adresser des signes amicaux avec leurs chapeaux.

— Par exemple ! L'endroit est plus peuplé qu'un terrier de souris, nota Weyland. Tu connais ces pèlerins ?

— Ouaip. Ce sont les secours que je n'espérais plus.

Armando et Elly nous rejoignirent rapidement, à l'évidence ravis de me revoir indemne.

— Qu'est-ce que tu fichais, Galore ? lança l'Indien. On n'a pas idée de sauter d'un train en marche !

— Merci, je vais bien ! plaisantai-je. Comment vous m'avez retrouvé ?

— On ne s'est aperçus de ta disparition qu'à l'aube, expliqua Elly. Quand on a vu la porte du wagon ouverte, on a compris qu'il t'était arrivé quelque chose. On a dû attendre l'arrêt au ravitaillement d'eau pour la locomotive. Le temps de louer ces chevaux pour partir à ta recherche et retrouver ta piste...

— *J'ai* retrouvé la piste, se vanta Armando.

— Il est plus indien qu'il ne veut l'admettre, poursuivit Elly, il sait déchiffrer une piste aussi bien qu'un éclaireur. Il a retrouvé ton chapeau, et puis il a suivi ta trace jusqu'à un ancien camp paiute, et enfin jusqu'ici.

— Navajo, lança Weyland avec un sourire en coin à l'adresse d'Armando. Ce sont les meilleurs pisteurs que j'aie jamais rencontrés...

Armando fit grise mine. Il détestait toujours autant que l'on évoque ses véritables origines, aussi, je m'empressai de faire les présentations :

— Voici Mr. Calder Weyland. Nous faisons route ensemble et cause commune. Son frère était l'un des trois Pinkerton victimes du Chapardeur l'autre nuit. Au fait, où est Dulles ?

— Il a préféré retourner à Salt Lake, indiqua Armando avec embarras. Entre vous, ce n'était pas le grand amour, de toute façon. Maintenant, explique comment tu es tombé du train...

— Je ne suis pas tombé. J'en ai été poussé par un type qui me faisait les poches.

— Par qui ? s'étonna Elly. Nous étions seuls dans ce wagon de fourrage, non ?

— Aucune idée, mentis-je.

— Et là, il s'est passé quoi ? demanda Armando en désignant les cadavres en état de décomposition avancée que nous avions tirés sur le bas-côté. À qui appartiennent ces squelettes ?

— Il n'y a pas dix minutes, ils étaient comme toi et moi, soupirai-je.

Weyland recouvrit les morts avec leurs manteaux avant de couper.

— Votre ami vous expliquera en avançant, coupa-t-il en tournant bride. Nous avons encore de la route. On doit aller dans la passe Crèvecœur. C'est par là que le *Transcontinental* devait initialement traverser la montagne, avant que la Compagnie des Chemins de Fer n'y renonce. Le passage était trop périlleux. Elle a préféré creuser plus bas. Un ami paiute m'a conseillé de l'inspecter. Vous êtes les bienvenus, pèlerins.

— Pèlerins ? tiqua Armando, mi-figue, mi-raisin.

— Il appelle tout le monde comme ça, lui glissai-je. N'y fais pas attention, c'est dans ses manies.

Le canyon se rétrécit jusqu'à devenir juste assez large pour nous permettre d'avancer en file indienne. Il n'avait rien de ces défilés patiemment creusés par les vents et les ruissellements, il ressemblait plutôt à une excavation abrupte que seul peut provoquer l'usage des explosifs. À mesure que nous avancions, les chevaux devinrent nerveux et commencèrent à renâcler, et je n'étais pas loin de partager leur réticence. Quelles que soient les contrées que vous parcourez, même les plus reculées de ce prodigieux pays, vous entendrez immanquablement un souffle, un frémissement, un cri d'oiseau qui vous rappellera que cette terre grouille de vie. Ici, rien de tel. Le silence funèbre, presque palpable, inspirait un sentiment d'accablement...

— La vallée de la mort, pensai-je.

J'avais malgré moi pris la tête de notre procession. C'est pourquoi je fus le premier à remarquer le chapeau exotique au milieu de la pierraille. Je glissai de ma selle pour le déterrer avec précaution... Il s'agissait d'une coiffe de paille ou de roseau tressé, je n'aurais su dire, de forme conique assez curieuse, très évasée à la base, et couverte par une sorte de gobelet sur le dessus.

— Chinois, estima Weyland du haut de son cheval. C'est d'eux que parlait Poisson-qui-file-sous-la-pierre. Les hommes à la peau comme le maïs, les Hommes-Tonnerre avec une ruche sur la tête...

— Hommes-Tonnerre ? s'enquit Elly. Pourquoi ce surnom bizarre ?

— Pendant la construction de la voie, conta l'éclaireur, c'étaient les travailleurs chinois qui étaient chargés de porter les explosifs sous les rochers à détruire, et d'en allumer les mèches... Ce sont eux qui ont payé le plus cher tribut pour que cette maudite voie ferrée traverse la montagne dans les délais impartis par les actionnaires. Ils portaient les flacons de nitroglycérine là où personne d'autre ne se serait risqué. Et parfois, ils sautaient avec la charge. Voilà d'où vient leur surnom. Ce galurin devait appartenir à un ouvrier. À un enfant, si j'en crois le tour de tête. Il doit y en avoir bien d'autres sous ces gravats.

Et alors que je serrais ce chapeau contre ma poitrine, j'éprouvai soudain une sensation familière, semblable à celle qui m'assaillait quand je faisais couper mon jeu de cartes à quelqu'un. Il me sembla brusquement que l'ombre de la passe s'épaississait encore, et aussi que des milliers de cliquetis résonnaient à mes oreilles, semblables à un chant de cigales dans le soir. Des pioches. Une armée de pioches qui fracassaient le rocher, auxquelles se mêlaient des crissements de wagonnets et des appels dans une langue inconnue. Je crus voir dans le clair-obscur des centaines de silhouettes courbées dans l'effort, cassées par le poids des pierres qu'elles charriaient. Et puis soudain, une énorme explosion ébranla la montagne et tout s'effaça...

Je me retrouvai brutalement de retour dans le monde présent, tétanisé et en sueur. Elly me secoua rudement par l'épaule.

— Galore ? ça ne va pas ?

Je la regardai, hébété, encore choqué par l'expérience que je venais de vivre, avant d'être irrésistiblement attiré par un éboulis de rocaille situé juste devant nous.

— Il y a quelque chose là-dessous, assurai-je.

15. LE TUNNEL OUBLIÉ

Sans me préoccuper des réactions de mes compagnons, j'avais commencé à creuser avec mes seules mains, bientôt rejoint par les autres pour le moins étonnés par ma lubie. Je ne m'étais pas trompé. Un ancien passage existait, en effet, creusé par la pelle et la pioche de l'homme, une ouverture circulaire que j'entrepris d'élargir suffisamment pour m'y faufiler. Quelqu'un de raisonnable n'aurait jamais risqué sa carcasse sous ce monticule parfaitement instable, mais en cet instant, j'obéissais à une pulsion qui dominait ma prudence habituelle. Cette coiffe chinoise ne s'était pas offerte à mon regard par simple hasard. Elle était comme un appel du passé qui m'obligeait à détourner ma route.

Je me faufilai sur mes coudes dans l'étroit boyau, mais au bout de trois coulées, j'eus la mauvaise surprise de me retrouver nez à nez avec l'occupant des lieux : un crotale de très mauvaise humeur, qui se redressait déjà pour me mordre en agitant son grelot. Une détonation m'assourdit complètement et je vis le serpent déchiqueté voler en mille morceaux. Levant les yeux, j'aperçus le canon d'un revolver encore fumant qui s'était glissé par une fissure au-dessus de ma tête et j'entendis la voix de Weyland à travers une épaisseur de coton.

— Pèlerin, ouvre l'œil, je ne serai pas toujours là pour te sauver les fesses...

Nullement découragé, je progressai rageusement en m'éraflant coudes et genoux. J'eus bientôt l'agréable surprise de pouvoir me redresser tout entier. Je grattai une allumette : j'avais débouché dans un tunnel. Je sentis la présence d'un rail sous mes semelles. Ainsi Weyland ne s'était pas trompé : la Compagnie avait posé une voie jusqu'ici, avant de renoncer à aller plus loin. Je trouvai une lanterne qui pendait encore à son crochet sur la paroi, avec un peu d'huile au fond du réservoir. J'en allumai la mèche et la maigre lueur me permit d'avancer de quelques pas. Impossible de distinguer le bout du tunnel. Qu'est-ce que je fichais ici ? Qu'espérais-je découvrir ? Ma belle résolution s'effritait comme neige au soleil, et j'aurais sans doute rebroussé chemin si une main ne m'avait brusquement saisi par l'épaule. J'en fus si effrayé que je manquai me retrouver sur les fesses.

Elly éclata de rire.

— Je n'ai pas pu m'en empêcher, désolée. Tu avais l'air si concentré...

— Tu es givrée, tu sais ça ?

Le premier moment de frayeur passé, j'éprouvai un certain réconfort de la voir à mes côtés. Je voulus croire qu'elle s'était inquiétée de mon sort.

— Tu n'aurais pas dû venir, lui reprochai-je. C'est un drôle d'endroit.

— Tu ne me donnes pas d'ordres, Galore. Ni toi, ni personne. On est en affaires, et c'est à ce titre que je te supporte.

146

— Dire que je croyais t'avoir séduite...

— Et sur les sentiments, j'ai aussi été claire, non ? me reprit-elle au vol. Il n'y a rien entre nous, et il n'y aura jamais rien.

— Tu as sali ton nouveau costume de cow-boy juste pour me dire ça ? remarquai-je, ironique.

Je continuai ma route sans plus me préoccuper d'elle. « Qu'elle aille au diable avec son caractère de cochon ! », pensai-je. J'avais présentement d'autres soucis en tête. Je ne sentais plus le rail sous mes chaussures et j'ignorais jusqu'à quand je devrais suivre cette maudite galerie. Des toiles d'araignées tendues comme des gréements de navire se gonflaient dans les courants d'air.

— Qu'est-ce que tu espères trouver ici ? s'enquit Elly dans mon dos.

— Je n'en sais rien, avouai-je en secouant la tête, mais tout à l'heure, c'est comme si je m'étais trouvé transporté à une autre époque.

— Je savais que quelque chose clochait chez toi, lança Elly.

Quelque chose clochait chez moi... Le titre de la chanson fétiche de ma mère. C'était étrange qu'elle prononce justement ces paroles-là et j'allais lui en faire la remarque quand, soudain, le sol s'affaissa sous ses pieds et elle disparut avec un cri. Je n'eus que le temps de jeter la lanterne pour plonger vers elle. Elle se balançait au-dessus du vide, les yeux révulsés, la bouche ouverte, accrochée au rebord du gouffre. Je tendis ma main.

— Accroche-toi !

— Ne me lâche pas ! s'écria Elly, prise de panique. Surtout, ne me lâche pas !

— Pas question. Ou tu grimpes, ou on tombe ensemble !

Seulement j'avais beau faire, son poids m'entraînait inexorablement. Je me retrouvai à mon tour en équilibre au-dessus de l'abîme. Pendant une brève seconde, nous nous trouvâmes étroitement agrippés l'un à l'autre, bras et souffle mêlés. En cet instant périlleux, peut-être le dernier de mon existence, je songeai que mon vœu le plus secret mais aussi le plus cher se réalisait. Je serrais cette fille dans mes bras. J'eus le temps de la regarder droit dans les yeux et de poser mes lèvres sur les siennes.

— Désolé, eus-je le temps de bredouiller. Ce n'est pas de ma faute.

Puis nous lâchâmes prise.

16. LUEURS DANS LES TÉNÈBRES

C'est un éboulis de terre meuble qui à notre grand soulagement nous accueillit plusieurs mètres en contrebas. Nous roulâmes et boulâmes une poignée de secondes avant de nous immobiliser enfin au pied de ce qui semblait être un remblai. Quand nous trouvâmes l'énergie de nous redresser, maculés de je ne sais quel répugnant limon, le premier soin d'Elly fut de m'administrer une gifle.

— Qu'est-ce qui t'a pris de m'embrasser ? Tu n'es pas un peu dingue ? On allait mourir, et toi... Toi !

Elle était hors d'elle, avec ses cheveux défaits et sa chemise en lambeaux, les poings sur les hanches. Elle se formalisait d'un baiser alors que nous étions quelque part sous la montagne à devoir attendre le secours des autres sous peine d'y périr. Je fus pris malgré moi d'un fou rire, bien vite interrompu par un constat amer : nous n'avions aucun moyen de remonter. Le trou au-dessus de notre tête était hors d'atteinte. Nous étions perdus, dans le noir, et cabossés de partout. Elly se mit à appeler à l'aide, en espérant qu'Armando et Weyland nous entendraient.

J'avais encore mes allumettes.

J'en grattai une sur la semelle de ma botte et les contours d'une nouvelle salle se révélèrent dans le cercle tremblant de lumière. Je découvris à mes pieds un nouveau chapeau de jonc tressé. Étrange. Comme si quelque main invisible avait balisé le chemin à suivre. Alors que je levais les yeux, je sentis mon sang se glacer.

— Elly, fais silence une seconde et regarde...

Ma partenaire découvrit à son tour les squelettes vêtus de lambeaux qui jonchaient le sol. Non pas quelques spécimens disséminés çà et là, mais des dizaines emmêlés et concassés partout autour de nous. Nous avions atterri dans une fosse commune.

Oubliant son ressentiment à mon égard, Elly me saisit le bras avec force.

— Faut mettre les voiles, Galore. T'entends ? J'aime pas les cimetières.

Je ne ratai pas l'occasion de prendre l'ascendant sur elle, même si c'était en cet instant désespéré une bien pitoyable revanche.

— Tu n'aimes rien ni personne de toute façon. Il s'agit sûrement des travailleurs chinois. Pauvres gens... Ils sont bien loin de leur pays.

— Tu ne crois pas qu'on doit plutôt se faire du souci pour nous ?

Elle recommença à crier, en vain. Curieusement, je vivais la situation avec un certain détachement. J'enflammai une nouvelle allumette pour explorer à tâtons ce sinistre ossuaire. Que s'était-il passé ici ? Quel mystère effrayant recelait ce mausolée naturel que la Compagnie des Chemins de Fer s'était donné la peine de condamner... Je comprenais mieux la raison du panneau d'avertissement à l'entrée du canyon... Et la présence de cette étrange Brigade Pâle.

J'eus soudain l'impression qu'un souffle d'air passait sur mon visage, puis il y eut ces voix... Des murmures lancinants qui traduisaient une détresse si profonde que j'en fus profondément bouleversé. Je tendis le cou pour distinguer quelque chose. Elly enfonça ses ongles dans mon bras.

— C'est quoi ? glissa-t-elle à mon oreille.

— On va s'en sortir, mon cœur.

— Je ne suis pas *ton cœur*.

J'allais lui faire observer que nous étions probablement voués à vivre ensemble ce qui nous restait d'existence quand un étrange halo verdâtre se répandit sur les parois environnantes. Ma pauvre allumette n'y était pour rien. Nous fûmes bientôt entourés de curieuses lucioles dont le nuage répandit sur l'ossuaire une clarté consolatrice.

Et l'enfant chinois fut devant nous.

Il devait avoir six ou sept ans, pas davantage, un visage poupon et des yeux sombres. Il était vêtu non de frusques d'ouvrier, comme les malheureux qui reposaient là, mais d'un joli costume de soie bleue sur lequel dansaient des motifs de dragons dorés. Une coiffe ronde cachait ses cheveux. Il nous sourit. J'avançai vers lui une main tremblante, audace qu'Elly me dissuada aussitôt de poursuivre.

— Ne le touche pas. Il n'y a pas d'enfant, ici. Il ne peut pas y en avoir. Celui-là n'est pas réel...

D'un signe, le petit Chinois nous enjoignit de le suivre.

Curieusement, je repris à ce moment mes manières de joueur de poker ; autrement dit, je ne montrai rien de mon trouble, alors qu'une peur panique bouillonnait en moi comme un torrent prêt à s'échapper. Car je savais vivre en cet instant une expérience qui aurait pu durablement détruire ma santé mentale. Elly avait raison. Aucun enfant en habit de fête chinois ne vivait dans ces profondeurs.

Pourtant, je décidai de le suivre.

Elly me tira en arrière.

— Pas question. Tu es dingue ? On s'éloigne. On va finir enterrés vivants !

— Viens. J'ai confiance.

— Pas moi.

— Alors reste !

Elly fit une tentative désespérée pour me faire changer d'avis, mais pouce après pouce, je parvins à la décider et elle consentit finalement à me suivre. Le garçon, toujours aussi souriant, semblait attendre patiemment que nous nous rangions à son avis. J'ai souvenir d'avoir avancé dans la lumière glauque, tourné des coins et des recoins de galeries naturelles, longé des concrétions rocheuses, et le concert de murmures résonnait à mes oreilles comme une mélodie apaisée. À maintes reprises, j'eus l'impression que des doigts légers, volatiles, effleuraient mes vêtements, mais à aucun moment je ne pris peur. Je flottais quelque part, hors du monde, oublieux de moi-même.

Combien de temps dura ce périple, encore aujourd'hui, je n'en ai aucune idée.

La lumière du jour perfora soudain les ténèbres devant nous, dont le cercle saisissant nous ramenait à l'air libre, à la vie. Comme s'il avait accompli son devoir, l'enfant joignit ses mains et recula dans l'obscurité. Je l'appelai, bien en vain.

Il était retourné dans le domaine des ombres.

17. VALLÉE DE SUEUR, VALLÉE DE LARMES

Sur les événements qui s'étaient produits dans le tunnel, Elly et moi préférâmes en raconter le moins possible à nos compagnons et ceux-ci respectèrent notre discrétion durant le voyage qui nous ramenait dans la vallée. Ils comprenaient sans doute que nous avions vécu une expérience traumatisante. Toutefois, le soir venu, alors que nous dressions un bivouac à flanc de montagne, le sujet arriva bien sûr dans la conversation. Comme je contais la découverte accidentelle de l'ossuaire, Weyland ne manqua pas de s'étonner :

— La Compagnie des Chemins de Fer était supposée rapatrier les corps des ouvriers défunts. Je comprends mieux pourquoi elle interdit la passe Crèvecœur aux visiteurs. Elle ne tient pas tellement à faire savoir qu'elle n'a pas tenu ses engagements. Comment diable avez-vous trouvé ce chemin vers la sortie ?

Je répondis que le hasard avait simplement guidé nos pas, et Elly resta tête baissée, sans rien ajouter qui puisse compromettre ma version. Weyland et Armando échangèrent un regard dubitatif, mais renoncèrent à nous interroger plus avant. Alors que je m'enroulais dans une couverture pour tenter de trouver le sommeil, Elly se rapprocha de moi pour me glisser à l'oreille :

— Tu as bien fait de te taire. Je ne sais pas moi-même ce que j'ai vu là-bas, et... et je pense aussi que j'ai bien fait de te suivre, sinon, j'y serai peut-être encore... C'est pas des excuses, note bien, c'est simplement que... Enfin, on se comprend !

— Va dormir, grinçai-je. Encore un peu et tu vas devenir humaine.

C'est avec soulagement que je retrouvai l'atmosphère bourdonnante de Sacramento. Nous prîmes tous les quatre des chambres dans un hôtel propret, puis après avoir pris un bain et enfilé des vêtements propres, notre première visite fut pour les bureaux de la Compagnie des Chemins de Fer, sis dans l'un des rares immeubles en pierre de la grand-rue. La façade affichait en lettres larges et déliées l'ambition de la société, à savoir relier les peuples de tous les États-Unis d'Amérique, de la côte est à la côte ouest.

Il n'était pas si aisé de forcer Kieron Morley, son représentant pour la Californie, à un rendez-vous qu'il n'avait pas décidé. Pourtant, quand Calder Weyland eut décliné son identité à sa secrétaire, et indiqué qu'il était escorté par des agents Pinkerton en mission, celle-ci se sentit contrainte de prévenir son patron.

C'est ainsi que nous fûmes introduits dans un bureau assombri de boiseries d'acajou, passablement enfumé de tabac, dont les deux larges fenêtres donnaient sur la rue. Nous y fûmes reçus tous les quatre par Mr. Morley en personne, bureaucrate râblé au visage sévère, aux cheveux noirs soigneusement plaqués sur le front, qui rajusta ses lunettes à montures d'acier en nous toisant d'un air supérieur. Il nous indiqua négligemment les sièges de cuir face à lui et, se carra négligemment dans son fauteuil de direction avant de lancer :

— Je n'ai guère de temps à vous consacrer, messieurs. On m'attend pour une réunion à San Francisco. La ligne va être prolongée jusque là-bas, vous savez ? Lequel d'entre vous est Weyland ?

Je notai que ce large fauteuil au creux duquel il prenait ses aises était encadré par le drapeau des États-Unis d'un côté et une lance indienne fichée de plumes d'aigles de l'autre. Ensuite, que les murs étaient recouverts de photographies, dont l'une représentait notre personnage serrant la main du Président Grant en personne.

— Je suis Weyland, répondit l'éclaireur sans se laisser impressionner le moins du monde par les manières hautaines de notre interlocuteur, et je suis venu pour découvrir la vérité au sujet de la mort de mon frère Salomon. Quelle que soit cette vérité. J'ai fait une longue route dans cette intention.

— Oui, oui, bien entendu, Mr. Weyland... fit Morley en consultant discrètement l'horloge, je comprends votre douleur. C'est un drame que ces trois agents aient été frappés aussi lâchement. Je compatis sincèrement. D'après ce que je sais, votre frère était un excellent policier. Vous savez sûrement que la Compagnie a mis un terme au contrat qui la liait avec l'agence Pinkerton au sujet de celui que la presse a surnommé « le Chapardeur », puisque grâce à cette demoiselle et ces messieurs, nous tenons le coupable. Nul doute qu'il sera pendu pour cela. J'en ai touché deux mots au juge, du reste. Un vieil ami, et un amoureux des chemins de fer...

— En arrivant dans les montagnes, poursuivit Weyland en faisant fi de ce qui venait d'être dit, je me suis d'abord recueilli à l'endroit où le corps de mon frère a été retrouvé, puis j'ai campé dans les hauteurs afin de comprendre ce qui avait pu se passer. La montagne avait des choses à dire, et aussi certains témoins, les Indiens paiutes qui vivent à proximité de la voie. Sur leur conseil, mes jeunes amis et moi avons visité la passe Crèvecœur.

— C'est un endroit dangereux, propice aux éboulements, affirma Morley dont le visage se crispait insensiblement. Il s'est avéré que ce premier itinéraire était décidément trop difficile à creuser. Pour des raisons de temps, et de coût, les actionnaires ont décidé de poser les rails sur l'autre versant de la montagne. Nous n'y avons pas perdu au change. Ainsi, vous avez visité la passe Crèvecœur en dépit de l'interdiction ?

Weyland lissa sa moustache en croc avec un drôle de sourire.

— Des hommes à vous ont bien essayé de nous en dissuader, mais vous voyez, m'sieur, je devais faire mon deuil. Par la même occasion, j'ai fait le leur.

Il poussa sur la table les cartes officielles qu'il avait recueillies sur nos agresseurs. Cette fois, Morley fit la grimace.

— Mr. Weyland, la compagnie que je représente a de bonnes raisons pour interdire ce passage. Les explosions l'ont rendu très instable. Quant à ces hommes dont vous parlez, si vous avez eu maille à partir avec eux, je le déplore.

— Ils étaient trois, et portaient des cache-poussière qui les faisaient ressembler à trois épouvantails fraîchement déterrés. Vous voyez de qui je veux parler ?

— Pas le moins du monde. Vous savez, la Compagnie embauche toutes sortes de gens : chasseurs de bisons, éclaireurs, contremaîtres, journaliers, et même des photographes officiels... Et ils sont... morts ?

— Aucun doute.

Peut-être soulagé, Morley prit le temps d'allumer un cigare, d'en recracher un panache de fumée grise, avant de poursuivre :

— Mr. Weyland, je désire clore cet incident de la meilleure des façons. L'agence Pinkerton a déjà rapatrié le corps de votre frère et de ses deux adjoints à ses frais, mais la Compagnie est prête à vous dédommager des frais que ce voyage a pu vous occasionner. Disons... cinq cents dollars ? Je les ferai porter à votre hôtel.

Pendant qu'il parlait, j'avais pris la liberté de me lever pour jeter un œil aux photographies ornant le mur, toutes signées Horace Amber. Elles représentaient les plus humbles des ouvriers piochant le futur tracé de la voie ou posant des rails sur les traverses. Ils avaient été saisis en plein labeur ou durant leur pause, en petits groupes. Figures crasseuses et barbues, bretelles usées, blouses déchirées, mais regards clairs et intrépides, les uns chevauchant un monticule de pierraille, d'autres en équilibre sur une barrière ou une de ces foreuses blindées à bec de canard. Les regards de la nouvelle Amérique, rudes et fiers...

Je sentis que Morley m'observait du coin de l'œil.

— Je ne vois aucun Chinois sur ces clichés, fis-je remarquer. J'ai entendu dire qu'ils avaient pourtant été nombreux à travailler sur le chantier.

— Les Chinois ? tressaillit Morley. Eh bien, pour ce qui concerne les Chinois, nous pensons leur consacrer une stèle en commémoration de leur immense contribution.

— Une dalle funéraire conviendrait mieux, remarquai-je, étant donné qu'un grand nombre est enseveli sous la montagne.

— Qui êtes-vous, jeune homme ? se raidit Morley. Ne seriez-vous pas de ceux qui ont arrêté Charlie Nonesuch ?

Dans sa hâte à se débarrasser de nous, il n'avait guère eu la politesse de s'enquérir de mon nom. Je sortis mon insigne de l'Agence avec une indolence passablement étudiée.

— Agent Neil Galore, déclinai-je. Mes partenaires et moi avons effectivement remis Charlie Nonesuch au shérif Holcombe, mais depuis, nous avons acquis la certitude qu'il n'était pas le Chapardeur.

— Voyons, vous plaisantez !

— Il y a quelqu'un d'autre à bord des trains. Et je crois que vous connaissez son identité.

L'émotion était trop forte et Morley sortit un flacon de cognac d'un tiroir pour s'en verser dans un gobelet. Weyland se pencha alors vers lui.

— L'agent t'a posé une question, pèlerin, je te conseille d'y répondre.

— Que s'est-il passé là-haut, dans la passe Crève-cœur, pendant la construction ? renchéris-je. Pourquoi trouve-t-on des squelettes enfouis sous la montagne alors qu'ils auraient dû être rapatriés ? J'ai le sentiment que ce n'est pas sans rapport avec ce qui terrorise les voyageurs depuis la mise en service du *Transcontinental*. Je me trompe ?

Morley se para d'une mine affligée pour mieux plaider sa cause :

— Voyons, pas de conclusions hâtives. Durant la construction de la voie, nous avons dû déplorer de nombreux éboulements et il nous a été souvent impossible de récupérer les malheureuses victimes. Il ne faut pas prêter foi à certaines rumeurs... Tout n'a pas été simple. Rendez-vous compte ! Une ligne de chemin de fer qui traverse tout le pays, d'est en ouest, et permet à des citoyens aussi éloignés que les habitants de Boston ou New York d'arriver en quelques jours seulement sur la côte Ouest ! Notre ouvrage est bien plus qu'une voie ferrée, messieurs, oh oui, c'est un accélérateur de futur ! C'est ce qui va rendre notre pays plus fort et plus prospère, au lendemain d'une guerre civile qui nous a tous cruellement marqués. Je ne le nie pas, nous avons eu des pertes humaines, notamment dans la Sierra, l'hiver dernier... Cette passe n'a pas été baptisée Crèvecœur par hasard, non.

Pris malgré lui par l'évocation de ces souvenirs, Morley se leva pour jeter un coup d'œil significatif par la fenêtre, en direction des montagnes que noyaient les brumes du lointain. Nous autres échangeâmes des regards entendus devant la performance de l'acteur. Nous avions quelque peine à imaginer que ce personnage se soit jamais soucié du sort des misérables fourmis qui piochaient la roche pour lui remplir les poches. Je suppose que nous avoir tourné le dos pendant un instant lui redonna l'assurance dont il commençait à manquer, car il éluda brusquement :

— Bref, il n'y a donc rien à discuter de plus. La Compagnie tient son coupable. D'ailleurs, aucun incident n'a été signalé à bord du *Transcontinental* depuis son arrestation. Comme je vous l'ai dit, je dois prendre la diligence pour San Francisco, pour y bâtir le nouveau terminus. Je vous renouvelle ma profonde gratitude, au nom de la Compagnie.

Morley coinça ses pouces dans son gilet, se haussa sur la pointe de ses chaussures cirées et nous comprîmes que l'entretien était clos. Sur le seuil toutefois, je ne pus m'empêcher de lui lancer :

— L'affaire n'est pas terminée, Mr. Morley. À un de ces jours.

18. UNE CERTAINE LÉGENDE

— Ce Morley me fait l'effet d'une belle canaille, s'emporta Elly alors que nous nous retrouvions dans la rue.

— Il devait savoir pour les corps ensevelis sous la montagne, supputa Armando, et ça ne lui a fait ni chaud ni froid.

— Pas une canaille, corrigea Weyland, pire : un homme d'affaires. La rentabilité au prix de la sueur et du sang des autres pour atteindre les objectifs fixés. Ces types, j'en ai rencontré toute ma vie. Ils m'ont dégoûté à tout jamais du luxe et du confort. Ah, par exemple, Herby ! Josh Herby !

En entendant son nom, un vieux bonhomme aux joues flasques qui balayait les abords de l'établissement leva les yeux vers nous. Son visage piqué de mauvaise barbe s'éclaira d'un large sourire édenté en reconnaissant notre compagnon.

— Par exemple ! Calder !

Les deux hommes tombèrent dans les bras l'un de l'autre sous nos regards intrigués.

— Toi ici, Bout de Gras ?

— Toi ici, Vieux Cuir ?

Weyland tint à nous présenter son ami :

— Voici Mr. Herby, avec lequel j'ai traversé la moitié du pays à l'époque où nous conduisions les diligences pour la Wells Fargo. Lui tenait les rênes et moi...

— Et Vieux Cuir assurait à la Winchester, coupa Herby. Même que les Indiens rebroussaient chemin quand ils l'apercevaient à mes côtés. Beaucoup de conducteurs voulaient l'avoir, car c'est une sacrée gâchette, mais il ne voyageait qu'avec moi.

— Normal, il était le seul à savoir faire la cuisine ! riposta Weyland.

Ils rirent de ce temps-là – qui sans doute leur rappelait mille souvenirs, et aussi, quelque part, leur jeunesse enfuie – et puis la bonne humeur de Herby se dissipa.

— Crénom, j'ai appris pour Salomon, déplora-t-il. Je l'ai croisé ici même avec ses deux adjoints quand il est venu prendre ses ordres, il y a à peu près trois semaines. Il m'a reconnu et il m'a salué, moi, le simple balayeur. Ouais. C'était un gars chouette, et intègre. Saleté de Chapardeur. Qu'il soit pendu, voilà ce que je souhaite !

— Merci, vieux frère. Sa dépouille a été renvoyée à sa femme, dans l'Est. Il n'aurait jamais dû partir de là-bas, mais qu'y faire maintenant ?

— Tu n'iras pas consoler sa veuve ?

— Je n'ai pas revu Miranda depuis quinze ans, depuis notre fâcherie. Ces derniers temps, elle m'avait écrit pour m'enjoindre de venir en aide à Salomon... J'ai dû la décevoir, alors je ne suis pas sûr d'avoir le courage de frapper à sa porte. Mais laisse-moi te présenter mes nouveaux amis. La plus jolie s'appelle Elly, je crois, hein, Miss, et ces deux pèlerins, là, c'est Armando Je-ne-sais-quoi, qui ne veut pas qu'on dise qu'il est un pur-sang navajo, et le dandy, là, c'est Galore. Ce sont eux qui ont mis le grappin sur le Chapardeur.

Herby jeta un coup d'œil à la ronde pour s'assurer qu'il n'était pas entendu avant de glisser sur le mode de la confidence :

— Je suppose que Morley t'a servi son discours sur la grandeur de l'Amérique et de ses pionniers ? Ne lui fais pas confiance. C'est une crapule.

— J'ai déjà entendu ça, railla Elly.

— Cette histoire de Chapardeur, elle a bigrement à voir avec les Chinois, poursuivit Herby sur le même mode, et je mettrais ma main à couper que le jeune type qu'on va pendre, ce n'est pas le bon coupable. Tous ceux qui ont travaillé sur la voie ferrée le savent bien, eux. Et j'en étais ! Oui, parfaitement. J'ai pioché cette damnée rocaille à en avoir des calles pour le restant de mes jours. Il fallait que les deux tronçons de leur fichue voie se rejoignent au jour J. de l'autre côté de la Sierra.

À cet instant, un employé des Chemins de Fer en bras de chemises sortit derrière nous, fit mine de humer l'air frais du matin, et puis s'en retourna à l'intérieur comme si de rien n'était. Herby attendit qu'il eut refermé la porte et ajouta dans un souffle :

— Morley t'a parlé des éboulements de la passe Crèvecœur ? Tu parles d'éboulements ! C'est la nitroglycérine qui a tout provoqué, cet explosif de malheur qui ne supporte pas la moindre secousse. Et c'étaient les Chinois qui la transportaient et la plaçaient sous les rochers à faire sauter. Et ils devaient courir pour ne pas perdre de temps. S'ils ralentissaient, alors... Cecil

Wardrop les mettait en joue avec son fusil et il pressait la détente. Lui ou ses acolytes.

— Wardrop ? s'enquit Weyland en haussant un sourcil intrigué. J'ai l'impression d'avoir déjà entendu ce nom-là... Serait-ce « Le » Cecil Wardrop ? Le commandant de la Brigade Pâle ? Voyons, Herby, tu te souviens sûrement de cette nuit infernale à Shiloh, pendant la guerre...

Herby considéra à nouveau les environs d'un air soupçonneux avant de confier :

— Si je me rappelle ? Bon sang, j'en rêve chaque nuit ! Mais je ne peux rien dire de plus, Vieux Cuir. Déjà, on m'a vu vous parler et je risque ma place pour ça. Mon dos est en compote et je n'ai plus l'âge de retourner sur les diligences, tu sais... Rien que ce balai pèse une tonne. Allez dans le quartier chinois et trouvez la fumerie d'opium de Mr. Peng. Ce Chinois était l'un des premiers sur le chantier. Il vous racontera mieux que personne, et surtout, surtout, il vous parlera de Wardrop et des autres contremaîtres...

Herby nous adressa un clin d'œil entendu, baissa la tête, et s'éloigna avec son chariot à balais en sifflotant. Comme je levai les yeux vers les fenêtres de la Compagnie, je crus distinguer la silhouette de Kieron Morley derrière les rideaux...

19. MÉMOIRES D'UN HOMME-TONNERRE

Dans quelque ville d'importance où je sois allé, j'y ai toujours découvert un quartier chinois, niché au creux de rues pauvres et excentrées, immédiatement reconnaissable aux lampions même sommaires qui soudain fleurissaient au-dessus des échoppes. On parle souvent des immigrants européens qui sont venus en nombre peupler notre grand pays. Ils trouvèrent à leur arrivée d'importantes communautés d'Asie déjà bien implantées. Je serais bien en peine d'expliquer de quelle façon les Chinois parviennent à recréer un « chez-eux » où qu'ils se trouvent.

J'avais déjà observé à Saint-Louis leur façon discrète de prospérer. D'abord, ils travaillent en famille, sans relâche, avec la patience des abeilles agrandissant une ruche. Rien ne leur fait peur, aucun travail ne les rebute, et il ne faut nullement se fier à leur apparence fluette. Leur résistance sans faille compense largement leur maigre constitution. Ils ne bronchent jamais, marquent toujours une grande déférence envers autrui, même sous l'insulte – ce qui ne fait que renforcer intérieurement l'estime qu'ils ont d'eux-mêmes. En retour, ils ne s'intègrent jamais complètement au reste de la société, et veillent à conserver leurs coutumes ancestrales. Que l'un trébuche, son voisin l'aide à se relever. Rien d'étonnant donc à ce que la Compagnie des Chemins de Fer les aient embauchés pour les travaux les plus ingrats et les plus dangereux.

C'est empli de ces considérations que je me présentais le soir venu à la fumerie de Mr. Peng, flanqué de mes trois associés. Il s'agissait d'un minuscule établissement perdu au fond d'une ruelle où se croisaient des ombres fuyantes : nombre de notables venaient ici discrètement pour tirer sur ces longues pipes, à l'extrémité desquelles les doigts habiles des préparateurs modelaient de petites boulettes au parfum entêtant. L'opium était une drogue des plus répandues à cette époque, et elle avait de nombreux adeptes dans la bonne société. On assure que sa prise révèle chez l'individu ses craintes les plus enfouies ou ses rêveries les plus exquises. J'y avais touché une fois, une seule. Après avoir imaginé être poursuivi par un essaim de libellules carnivores, j'avais décidé de ne plus jamais renouveler l'expérience.

Au moment où je toquais à la porte, Weyland me retint.

— Minute, si nous y allons tous, ils vont se refermer comme des huîtres. Je suggère que deux d'entre nous entrent, les autres gardent l'œil au-dehors...

— Ne te fatigue pas grand-père, coupa Elly. J'accompagne l'élégant.

— Pourquoi pas moi ? se récria Armando, vexé.

Depuis notre aventure dans la passe, notre compagnon était à cran. Il pressentait qu'un secret nous liait, Elly et moi, dont il était exclu, et cela contrariait beaucoup son amour-propre. Weyland partit d'un petit rire :

— Parce que tu es un Indien, pardi.

Ulcéré, Armando porta la main à son couteau passé en travers de sa ceinture.

— Vieille peau, si tu m'appelles encore Indien, je te...

— Tu as un problème, fiston, lui rétorqua l'éclaireur. Tu confonds le jour et la nuit. Plus vite tu admettras la réalité, mieux ce sera. Tu peux bien te déguiser, renier ton passé et tes racines, mais tu restes un Indien. Tu n'as pas que la couleur de peau d'un Indien, tu possèdes aussi en toi ce qui fait leur grandeur. Là-bas, dans le désert du Sud, les Navajos sont maîtres, mais si tu entres ici, aucun Chinois ne t'adressera la parole car ils se méfient de ceux de ton peuple bien plus que des Blancs. Nous sommes d'accord... Navajo ?

En guise de réponse, Armando tourna les talons rageusement et s'éloigna en enfonçant son chapeau jusqu'aux sourcils. Weyland lâcha un soupir.

— Bizarre, on désire toujours être autre chose que ce que l'on est. Moi, j'aurais tant aimé naître indien, et dire que je ne suis qu'un descendant d'Irlandais mal embouché. Je vais lui tenir compagnie, vous en faites pas. On vous attend au saloon.

La fumerie s'étageait sur deux niveaux en bois. Des couches étaient étendues à l'intérieur de box qui préservaient l'intimité des fumeurs. Le silence était aussi pesant que la fumée poisseuse qui rendait l'air à peine respirable. Sitôt le seuil franchi, nous fûmes accueilli par un Chinois entre deux âges vêtu de soie et d'or. Sitôt que j'eus brandi mon insigne, son sourire se glaça sur ses lèvres.

— Agence Pinkerton, annonçai-je. Nous venons poser quelques questions à Mr. Peng.

— D'urgence, précisa Elly.

L'homme retrouva instantanément ce masque impénétrable, vaguement hostile, dont les Chinois se parent dès qu'ils éprouvent une contrariété ou essuient un refus. Pour autant, il s'inclina et disparut derrière un paravent orné d'un long dragon peint... dont je vis bientôt cligner l'œil. À coup sûr, les propriétaires nous lorgnaient. Récuré et rasé de près, bien cintré dans mon costume neuf à rayures, ma petite moustache impeccablement égalisée par le barbier, j'étais prêt à affronter le jugement.

— J'ai envie d'essayer l'opium, pas toi ? proposa Elly. Juste une bouffée.

— Ce n'est pas le moment de vivre des expériences.

— Si tu connaissais toutes mes expériences, mon chou !

Heureusement, notre conversation tourna court car une très jolie femme se présenta devant nous, ses courbes parfaites dessinées par une tunique d'un bleu nuit aux dégradés subtils. Ses cheveux noirs étaient ramenés en une natte stricte sur son épaule, sa bouche menue souriait mais ses yeux demeuraient glacés, perles noires qui semblaient vous fixer à travers une épaisseur d'eau.

— Vous me suivre, proposa-t-elle avec un charmant mouvement de nuque.

Et tandis que je lui emboîtais le pas, je reçus un coup de coude dans les côtes de la part d'Elly :

— Ferme la bouche, tu vas gober les mouches.

La beauté orientale écarta une draperie rouge et nous invita à entrer dans une petite pièce sombre où brûlait de l'encens. À peine eûmes-nous franchi le seuil que deux gorilles chinois refermèrent leurs poignes fermes sur nos épaules et nos bras, nous maîtrisant sans ménagement. Et tandis qu'ils nous secouaient un peu en nous jetant des mots incompréhensibles à la face, la jeune femme prit posément place en face de nous dans un fauteuil en rotin et alluma une cigarette suspendue à l'extrémité d'un fume-cigarette en ivoire. Elle nous contempla sans broncher, nous qui étions en train d'étouffer sous les mauvais traitements de ses gardes du corps, avant de daigner jeter d'une voix nonchalante :

— Vous trop jeunes pour être des Pinkerton.

— Et toi pour être patronne d'une fumerie, fustigea Elly.

— Mon père propriétaire. Ma famille est là. Ceux-là mes cousins.

— Enchanté, fis-je.

— Dis-leur de nous lâcher, sale morue bridée ! s'énerva Elly.

Comme si c'était le moment d'aggraver la situation ! Je crus que notre interlocutrice allait donner l'ordre de nous broyer les os, mais elle se contenta de souffler sa fumée en l'air.

— Ici, danseuses de saloon pas donner d'ordres.

Elly lui aurait sûrement arraché les yeux si elle n'avait pas été solidement maintenue. Je tentai d'apaiser la tension grandissante en rappelant la raison de notre présence.

— Nous appartenons vraiment à l'Agence, réussis-je à articuler, et nous voulons respectueusement parler à Mr. Peng, au sujet de Cecil Wardrop...

L'ambiance changea soudain, comme si ce seul nom avait possédé des vertus magiques. Les fortes mains plaquées sur mon cou desserrèrent imperceptiblement leur étreinte. Un frémissement de répulsion troubla le calme glacé du visage de l'Asiatique.

— Qui t'a parlé de lui ? demanda-t-elle.

À cet instant, des coups répétés ébranlèrent la cloison et quelqu'un parla en chinois de l'autre côté. La belle se mordit brièvement la lèvre inférieure à la façon d'une gamine prise en faute, et intima aussitôt à ses cousins de nous libérer. Elle me désigna du doigt.

— Mr. Peng, mon père, veut te parler, nous traduisit-elle. Pas la fille. Juste toi. Viens.

J'eus à peine le temps de défroisser mon beau costume fripé et rectifier mon nœud de cravate avant d'être introduit dans la pièce attenante, un simple couloir dénué de mobilier à l'exception d'une commode. Seule une lanterne traditionnelle délavait le clair-obscur. Un vieux Chinois était assis là, sur une minuscule estrade, une pipe à la bouche. À mon entrée, il piqua sur moi deux yeux noirs et profonds, sensibles cependant, et d'un simple mouvement du menton, m'indiqua de m'asseoir sur une carpette disposée devant lui. J'eus l'impression de me trouver face à l'empereur de Chine en personne mais alors que je croisais mes jambes, je compris que mon hôte n'était pas réellement assis : il n'avait simplement plus de membres inférieurs et se maintenait en équilibre à bord d'un chariot habilement confectionné qui participait à l'illusion.

— Tu es jeune pour appartenir à l'Agence, glissa-t-il d'une voix douce, et dans un anglais parfait. Et aussi, tu n'as pas encore leur façon d'agir.

— Simple camouflage, risquai-je.

— J'ai vu ta photo dans le journal. Ta mission est achevée, non ? Tu as arrêté le coupable... Ce... Nonesuch.

— Ce n'est pas le bon « Chapardeur » et vous le savez sûrement. Un certain Herby m'adresse à vous. Il m'a assuré que vous saviez des choses au sujet de Cecil Wardrop, le contremaître que la Compagnie avait embauché pour superviser les travaux de démolition dans la passe Crèvecœur...

— C'est bien la première fois que les Blancs cherchent à connaître la vérité sur ce qui s'est passé là-bas.

— J'y suis allé. J'ai découvert une crypte sous la montagne, où reposent des corps...

Mr. Peng fronça ses sourcils broussailleux et s'enquit à voix basse.

— Est-ce que tu as vu l'enfant ?

Je réprimai un frisson.

— Je l'ai vu. Sans lui, je n'aurais jamais trouvé la sortie. Qui est-il ?

Mon interlocuteur se troubla imperceptiblement et tira une longue bouffée de sa pipe. Un silence passa.

— Je n'ai jamais su son nom. Il nous apportait de l'eau. Nous avions si soif sous le soleil... Il est resté là-bas, comme beaucoup d'entre nous. Les âmes des morts sont à jamais emprisonnées sous la montagne. Par la faute de Wardrop.

— Racontez-moi, Mr. Peng, insistai-je.

Il but un peu de thé dans un bol en bois, comme pour se donner le temps de puiser au plus profond de ses souvenirs, au plus profond des souffrances qu'il avait endurées, avant de se lancer :

— Nous sommes venus de Chine par centaines pour travailler sur le chantier du train en construction. Nous étions en première ligne. On piochait nuit et jour, avec peu de temps pour dormir, afin d'aider l'excavatrice...

Quand le granit était décidément trop résistant, on faisait appel à nous autres, les Chinois. À nous la pose des charges d'explosifs. Les flacons de nitroglycérine arrivaient par fourgons spéciaux, dans des caisses bourrées de paille et de coton, car à la moindre secousse... Il ne reste qu'un cratère, et plus rien autour. On nous chargeait de placer ces charges sous les rochers à détruire, puis d'allumer les mèches. Des mèches de plus en plus courtes, qui donnaient à peine le temps de prendre le large... Car il fallait que le tronçon soit achevé pour le printemps, afin de rejoindre celui qui venait de l'Est... Si nous prenions peur, si nous hésitions, Cecil Wardrop était là, sa carabine en joue. Il n'hésitait pas à tuer, pour l'exemple. Ou bien il tirait directement sur l'explosif. Je le revois bien, toujours impeccable, vêtu d'une redingote de militaire sudiste, son pistolet à la ceinture... Il se faisait surnommer : « le Châtiment ».

— Pourquoi tant de hâte ? demandai-je.

— Chaque jour qui passait, la Compagnie devait payer les ouvriers, les nourrir, leur donner à boire, et les soigner. Les retards avaient déjà coûté cher et il y avait la pression de la presse, et même celle des paris clandestins. Combien de voies nous poserions ? En combien de temps ? La jonction avec ceux qui construisaient la section venant de l'Ouest était prévue pour le printemps... Nous avons posé jusqu'à quinze kilomètres de rails par jour. Parfois, vingt... Quand nous sommes arrivés à la passe Crèvecœur, l'hiver était là. La nuit, on dormait dans la neige auprès de nos explosifs, sur la pierraille, avec une simple bâche au-dessus de la tête. Ce démon de Wardrop nous obligeait à porter la nitro dans des failles de plus en plus profondes, quitte à ne pas nous voir ressortir vivants. Parfois, un flacon nous échappait des mains. Nous avions les doigts gelés. Nous avions si froid... Un jour, un pan de montagne s'est écroulé sur une vingtaine d'entre nous. J'ai eu de la chance. Beaucoup de chance. On m'a dégagé, sans mes jambes, mais encore en vie. Wardrop n'a pas eu un regard pour nous. Il a simplement demandé vingt nouveaux ouvriers à Morley, le directeur, qui les lui a fournis le jour suivant.

Mr. Peng laissa passer un silence puis reprit dans un murmure :

— Des Indiens qui nous surveillaient depuis la crête nous donnèrent un nom : les Hommes-Tonnerre.

— Les corps de vos compatriotes n'auraient-ils pas dû être rapatriés en Chine ?

— Wardrop trouva plus économique de jeter les défunts au fond d'un puits, non sans avoir volé leurs biens auparavant. Le tortionnaire se doublait d'un voleur maladif. La nuit, il se glissait entre nos tentes pour dérober nos maigres biens. Je n'ai pas vu la fin du chantier. J'ai été envoyé ici, où j'ai été soigné par des âmes charitables. Quand j'ai appris qu'ils avaient renoncé à percer la passe Crèvecœur pour creuser un autre itinéraire, j'ai été soulagé. Personne n'aurait réussi à venir à bout de ce maudit canyon, sauf à faire venir tout le peuple de Chine ! Au mois de mai, les deux lignes se sont rejointes à Promontory Junction, un point au milieu de nulle part, comme prévu. La Compagnie avait tenu son pari : le *Transcontinental* traversait le pays de part en part. Je n'ai pas voulu retourner dans mon pays. Je suis resté ici. Ma famille est venue me rejoindre. Maintenant, je fais des affaires. Je tiens cette fumerie. Je regarde les Blancs s'abrutir avec la drogue que je leur fournis à moindre frais.

— Cet homme, Wardrop, savez-vous ce qu'il est devenu ?

— Mort dans une explosion l'hiver dernier. La montagne a fini par l'avoir. Sa tombe se trouve ici, à Sacramento... Mais je suis sûr que quelque chose de lui est demeuré là-haut, dans la passe Crèvecœur, sur les lieux de ses exactions. Son esprit maléfique terrorise toujours les nôtres, là-haut, et ils n'auront pas de paix aussi longtemps qu'il errera, et volera les passagers des trains... De son vivant déjà, il n'était pas... normal.

Ma gorge se dessécha malgré moi.

— Ce serait son fantôme qui hanterait les trains et commettrait ces vols, prisonnier de sa vieille manie ?

Un sourire ambigu étira les lèvres de Mr. Peng.

— Pas son fantôme, Pinkerton, lança-t-il, malicieux. Non, pas son fantôme. Il s'agit d'une toute autre force. Les Indiens appellent cela... Puha.

Puha... Je me rappelai la conversation avec les Paiutes. J'aurais voulu en savoir plus, mais mon interlocuteur ferma les yeux et je n'eus plus devant moi qu'une statue indéchiffrable.

L'entrevue était close. Sa fille, qui tout ce temps avait patienté sur le seuil, me raccompagna dehors par une sortie dérobée donnant dans une ruelle où Elly m'attendait déjà.

— Ne revenez plus jamais, précisa-t-elle. Histoire finie. Vous comprendre ?

Et elle nous ferma la porte au nez.

20. FOUILLEURS DE TOMBES

Les rues de Sacramento frémissaient d'une vie nocturne qu'auraient pu envier bien des villes de l'Est. Calèches et cavaliers élégants déambulaient à la faveur des réverbères. Des flots de musique sourdaient des théâtres populaires. Une foule bigarrée se pressait sur les trottoirs et au bord de la rivière. Partout des fêtes, des attroupements. Nous étions loin de l'Ouest tel que la presse le représentait souvent, étendue sauvage peuplée de troupeaux de bisons où la civilisation luttait contre les Indiens derrière des forts en bois. Mais lorsque la légende est plus belle que la réalité, n'imprime-t-on pas la légende ?

Étranger à l'effervescence générale, je ressassais ma conversation avec Mr. Peng, sans particulièrement prêter attention à Elly. Aussi fus-je étonné lorsqu'elle me donna soudain le bras.

— À quoi je dois cette faveur ?

— Je ne suis pas danseuse de saloon, se défendit-elle. Je ne sais pas d'où cette chinoise tenait ce ragot !

Elly n'avait toujours pas digéré la remarque. J'eus envie de répondre qu'elle reconnaissait sans doute ce genre de femme au premier coup d'œil, ce qui m'aurait rabaissé au rang des derniers goujats, aussi jouai-je les gentlemen.

— Si tu le dis. Je ne te demande rien.

— Je suis danseuse tout court, pas danseuse de saloon, et je danse où on me paie pour danser.

— Je ne te juge pas, Elly. Oublie ça.

— Mon rêve, c'est d'être engagée dans une comédie musicale. J'ai la pointure, tu sais. Il suffirait juste qu'on me donne ma chance, qu'un type sans mauvaises idées derrière la tête me dise : « Tu fais l'affaire. »

— J'en suis sûr.

— Vraiment ?

Alors qu'elle me dévisageait, je découvris dans son regard mille lucioles argentées que je n'y avais jamais vues briller et elle me parut plus belle et touchante que jamais.

— Quand on possède un rêve chevillé au corps, on finit toujours par le réaliser, assurai-je.

Des hommes se retournèrent sur notre passage, lorgnant vers cette beauté sauvage, et l'un d'eux émit un sifflement admirateur qui fit monter en moi une saine indignation. Elly m'obligea à regarder devant moi.

— T'occupe. J'ai l'habitude. Qu'as-tu appris du Chinois au sujet de Wardrop ? enchaîna-t-elle.

— Il est mort dans une explosion, l'hiver dernier. Pas surprenant au fond.

— Alors quoi ? Ce serait son fantôme qui t'aurait balancé du train ?

— Mr. Peng pense qu'il s'agit de bien autre chose. Une sorte de force spirituelle que les Indiens paiutes nomment le Puha... Il faut que j'interroge Weyland à ce sujet. Lui, il sait de quoi il s'agit, et peut-être ne m'a-t-il pas tout révélé sur le sujet.

— Et tu lui as parlé de cet enfant, à Mr. Peng ?

— Il l'avait deviné avant que je n'en parle. Il m'a assuré qu'il s'agissait d'une pauvre âme égarée qui attend une sépulture décente, une sorte de bon génie.

Cette dernière remarque amena une expression de soulagement sur le visage d'Elly.

— Je savais qu'il ne s'agissait pas d'hallucination... On a bien vu ce qu'on a vu. Au moins, je ne suis pas folle.

— J'aimerais quand même en avoir le cœur net au sujet de Wardrop, décidai-je. Si sa tombe est ici je veux m'en assurer.

— Qu'est-ce qu'on attend pour vérifier ? demanda Elly.

— Sans rien dire aux autres ?

— Ton vieux trappeur et Armando se tiennent compagnie, non ? Je veux avoir le fin mot de l'histoire. Je ne partirai pas à San Francisco avant. Allons nous recueillir sur la tombe d'une crapule.

Une telle visite à onze heures du soir ne m'emballait pas terriblement, mais je sentais qu'aussi longtemps que je n'aurais pas la certitude que mon principal suspect se trouvait bien à six pieds sous terre, je ne trouverais pas le sommeil. Le cimetière était aménagé sur un terrain légèrement en pente donnant sur la rivière en contrebas et entretenu avec soin. À cette heure, la grille était fermée mais il nous fut aisé d'escalader le mur. Ensuite, nous nous repérâmes sur un plan afin d'explorer les allées de gravier lisse. Les dalles s'alignaient sous la lune, alternant avec des mausolées aux bas-reliefs richement ornés tels qu'on en trouve dans les États de l'Est. Les noms ne me disaient rien. Sans doute reposaient ici des notables venus de Saint-Louis,

Chicago ou Boston, qui avaient prospéré après une vie de dangers et de labeur.

La stèle que nous recherchions avait été exilée au fond d'une concession des plus modestes. Alors que nous en approchions, nous distinguâmes une lanterne dans l'ombre des arbres et deux silhouettes qui s'activaient à pelleter. Pendant un instant, nous retînmes notre respiration... jusqu'à ce qu'une figure familière ne s'encadre dans le halo de lumière. Weyland. Il n'était pas seul. Son vieux copain Herby était là aussi, occupé à creuser le sol.

— Qu'est-ce que vous fichez ici ? les interrogeai-je.

— La même chose que toi, pèlerin, je suppose, répondit Weyland imperturbable. On veut s'assurer que les choses sont bien à leur place. Les morts avec les morts, et Cecil Wardrop avec les vers de terre.

— Mr. Peng le pense, en tout cas. Comment êtes-vous entré avec ce matériel ?

— Par la grille. Herby fait aussi le fossoyeur à ses heures perdues, expliqua Weyland. Tu y es, Bout de Gras ?

Herby acquiesça, essuya son front couvert de sueur, puis se hâta de remonter de la fosse. Il siffla une rasade de whisky au flacon que Weyland, bonne âme, lui tendait. La tombe était surmontée d'une simple pierre grise gravée du nom de l'occupant : « Wardrop ». Ni date de naissance, moins encore de décès, mais une inscription discrète, en bas à droite, presque masquée par les herbes : « Par les Honneurs, la Brigade Pâle », suivie d'un dessin de cadran de montre avec deux aiguilles indiquant trois heures dix.

— Aucun doute, confirma Weyland, cette crapule était des leurs.

— Il y a un cercueil là-dessous, aucun doute, confirma Herby en tremblant de la tête aux pieds, mais ne compte pas sur moi pour l'ouvrir. Il y a des limites !

— Tu ne vas pas faire ton pudique maintenant ! s'agaça son compagnon. On ne peut pas en avoir le cœur net si on ne jette pas un œil à l'intérieur.

— Moi, j'y vais, décidai-je en retirant mon veston.

Mon désir de savoir était si puissant que j'en oubliai la nuit, les tombes, et ce vent glacé qui se levait à présent et secouait les frondaisons au-dessus de nos têtes. Ce Cecil Wardrop avait accompli des actes si terribles durant son existence que je n'avais guère de scrupules à déranger son dernier repos. À la lueur de la lampe, je glissai la pointe d'une pioche sous le couvercle. À peine voulus-je le déjointer que le couvercle rongé par l'humidité se fendit pour laisser apparaître un squelette revêtu d'une redingote grise et poussiéreuse ; de longs cheveux épars filaient de part et d'autre d'un crâne au sourire cynique.

Même prévenu, je ne pus réprimer un mouvement de recul, et il me fallut plusieurs secondes avant de pouvoir examiner le cadavre plus avant. Il avait été enterré dans un costume de belle coupe, avec une montre dont la chaîne dépassait du gousset de son gilet. Je le retirai avec soin et relevai le fermoir. Un détail me frappa instantanément. Les aiguilles indiquaient trois heures dix.

— Il y a quelque chose de gravé à l'intérieur ? s'enquit Weyland.

— Non. Et elle n'est pas d'aussi belle qualité que celles trouvées sur les types de la passe. Une vulgaire tocante, à mon humble avis...

Le vieil éclaireur fit mine d'essuyer la poussière sur la pointe de ses bottes, comme si cette dernière remarque avait quelque chose de dérangeant. Herby lampa encore un peu de whisky avant de retrouver l'usage de la parole.

— Sacré bon Dieu de bon Dieu, la rumeur disait vrai. Il appartenait à la Brigade Pâle. On croyait que leur bande s'était éteinte après la guerre, mais non, elle a poursuivi ses agissements dans le civil. Tu crois que c'est Wardrop, dans cette boîte ?

— Possible, fit Weyland en secouant la tête d'un air dubitatif. Possible aussi que ce soit un pauvre quidam qu'on a mis là pour nous le faire croire.

J'allais l'interroger plus avant quand Elly masqua la lanterne et nous plongea dans l'obscurité.

— On vient, souffla-t-elle.

Le temps de nous dissimuler derrière les pierres tombales, et nous les aperçûmes s'avancer ; trois silhouettes livides aux manteaux poussiéreux, le visage cireux en partie dissimulé par l'ombre de leurs stetsons... Ceux de la Brigade Pâle, arpentant les allées comme des revenants qui auraient émergé de leur fosse... Ils cherchaient quelque chose, ou quelqu'un, la main sur la crosse de leurs revolvers, et se rapprochaient dangereusement. Soudain, ils hésitèrent. Avaient-ils compris que nous les guettions, prêts à riposter ? En tout cas, ils retournèrent sans bruit dans l'obscurité, et de notre côté, nous quittâmes le cimetière sans regrets.

21. PILIERS DE SALOON

À notre entrée dans le saloon, nous découvrîmes Armando accoudé au comptoir qui tournait et retournait son verre de whisky vide, le regard dans le vague, ressassant de sombres pensées. Bien qu'il nous tournât le dos pour nous faire comprendre que nous n'étions pas les bienvenus à ses côtés, nous l'encadrâmes sans la moindre hésitation. Pour sa part, Herby préféra s'accouder plus loin et commanda une bouteille pour se réchauffer après cette expédition nocturne qui lui avait laissé le gosier sec.

— Fichez le camp, laissez-moi seul ! s'agaça le Navajo d'une voix éraillée par l'abus de whisky. Je ne veux plus entendre parler ni du Chapardeur, ni de Pinkerton, ni des racontars de Chinois. C'est fini. Je pars à San Francisco par la prochaine diligence.

— Tu devrais rester sobre, *compadre*, lui conseillai-je. Un agent se doit d'être irréprochable, tu te rappelles ?

— Puisque je te dis que je démissionne ! D'ailleurs, démissionner, c'est un grand mot ! J'suis sûr qu'on est pas plus enregistrés comme Pinkerton que comme pasteurs au registre des paroisses ! On aurait dû lâcher cette histoire depuis longtemps. On n'était que des appâts, ouais... Des mouches jetées dans la rivière pour attirer les truites ! Mister... Mister Élégant !

Il manqua tomber sur ces dernières paroles et je le retins de justesse. Je m'efforçai de lui faire entendre raison.

— Justement, nous avons une chance de prouver qu'on vaut mieux que ça, et aussi qu'on n'est pas du genre à se laisser manipuler comme des idiots.

— Et qui ça intéresse ?

— Celui qu'on pendra à tort dans deux jours, suggéra Elly. D'après Weyland, le procès s'est tenu aujourd'hui. Charlie Nonesuch a été condamné à la pendaison pour vol et meurtre.

— On vient de voir le compte rendu d'audience affiché au bureau du shérif, appuyai-je. Ce n'est pas que je m'afflige pour un vaurien qui a mal tourné, mais de là à lui attribuer des crimes qu'il n'a pas commis, il y a une marge. D'autant que le véritable coupable court toujours.

Armando finit par prêter l'oreille au récit de nos aventures de la soirée – d'abord ma rencontre avec Mr. Peng, puis l'expédition au cimetière. Je savais bien que notre enquête n'était pas la véritable cause de son désir de prendre ses distances. Il s'agissait d'abord et avant tout d'Elly. Il en était amoureux – cela se voyait comme un nez au milieu de la figure – et s'offusquait de ce qu'elle m'avait donné la préférence – du moins, c'est ce qu'il imaginait, à tort. En dépit de ses réticences, il écouta pourtant jusqu'au bout mon récit, et tressaillit quand je terminais par l'apparition des hommes blêmes au cimetière.

— Encore ces types en cache-poussière ? s'émut-il. D'où sortent-ils ? Qu'ont-ils à voir avec Wardrop ?

— Affranchissez-le, Weyland, intercédai-je. Il serait temps d'ailleurs de tous nous affranchir sur le sujet... Et en particulier, au sujet du Puha... Peng en a parlé, lui aussi.

Le vieil éclaireur retroussa son galurin sur le front avant de marmonner :

— Trop dangereux de parler de ceux de la Brigade Pâle. On dit que le simple fait de les évoquer les attire vers vous... Pourtant... Faut bien en toucher un mot, même si certains prétendent qu'il s'agit d'une légende. Ceux-là, ils n'étaient pas là-bas, à Shiloh, non messieurs... Ils sont apparus pendant la guerre de Sécession. À cette époque, nordistes et sudistes s'affrontaient avec fureur. Tout était bon pour vaincre, d'un côté comme de l'autre. Toutes les inventions, toutes les stratégies, tous les recours, et même... celui de la magie. Ainsi des cérémonies étaient conduites par des chamans indiens, chargés d'invoquer des forces occultes.

« En ma qualité d'éclaireur, j'étais souvent dans les parages de l'état-major, tout comme Herby. Nous étions des supplétifs, ne dépendant que du général Ulysse Grant en personne, le futur président. La première fois que j'ai entendu parler de... de ces gens-là, c'est par la bouche de nos espions. Plusieurs d'entre eux, qui se faisaient passer pour des sudistes, revenaient régulièrement faire leur rapport. Ils affirmaient qu'une bande de soldats étranges et invincibles causait des ravages dans nos lignes après la nuit tombée. Au début, personne ne prêtait attention à cette histoire. Elle était même devenue un sujet de plaisanterie. Et puis il y a eu Shiloh... »

Calder Weyland avait replongé dans ses souvenirs et revivait ce terrible épisode comme s'il y était encore. Il poursuivit d'une voix brisée :

— Une simple bourgade, dominée par une chapelle, le long de la Tennessee... Le ciel était noir de poudre. Les canons tonnaient si fort qu'on avait l'impression de voir la terre s'ouvrir en deux. Grant a été contraint de battre en retraite vers la rivière, par laquelle nos renforts devaient arriver par bateaux... Il fallait tenir jusqu'au matin, acculés et décimés. La brume interdisait de voir à dix pas. Les cavaliers de la Brigade Pâle sont apparus comme des spectres au beau milieu de la nuit. Ils ont déchiré notre flanc gauche à coups de sabre, sans un bruit, sans un cri. Aucune de nos balles ne semblait les toucher. Ils tuaient telles des bêtes féroces, passant d'un groupe à l'autre, avant de s'en retourner dans le brouillard. Fichue nuit. Nous autres, les éclaireurs, on avait été récemment dotés d'une nouvelle munition, les balles Minier. Notre ami Herby, qui est par nature superstitieux, et bon manufacturier à ses heures perdues, a décidé de les modifier en mélangeant le plomb avec un peu d'argent, ce qui, selon lui, était le meilleur atout contre les forces maléfiques...

Armando hésita entre effroi et rire.

— Vous ne parlez pas sérieusement ? Vous n'allez pas me dire que les sudistes possédaient un peloton de revenants à leur service ?

— Ce qu'ils sont, personne ne peut le dire au juste. D'après ce que je sais, ils sont issus d'un rituel indien. Lequel, mystère... Une chose est sûre, ils portent tous une montre arrêtée sur trois heures dix et gravée d'une inscription : « Par les Honneurs, la Brigade Pâle ». Wardrop était leur chef. Après la guerre, ils ont continué d'aller et venir, dans leurs manteaux de sudistes, au service de causes détestables.

Un mouvement se fit aux tables alentour. Un silence pesant se répandit. Sans doute les consommateurs l'avaient-ils entendu et je compris alors que beaucoup de gens connaissaient cette légende, et qu'ils la redoutaient.

— Quelles puissances les chamans indiens peuvent convoquer, enchaîna Weyland sans s'en émouvoir, nous l'ignorons. J'ai vu de mes yeux des rituels obscurs qui feraient dresser les cheveux sur la tête de bons chrétiens et invoquent le Puha qui est en nous...

— Le quoi ? s'écria Elly.

— Une force spirituelle et occulte selon les croyances paiutes, précisai-je.

— Je vais vous en raconter une bien bonne, jeunes gens, fit mine de se goberger Weyland, et vous allez mieux comprendre. Dans le pays Cheyenne, en 1851, j'avais une bonne amie, veuve d'un colon qui avait perdu la vie dans une attaque. Elle vivait avec ses deux fils dans une ferme isolée sur les bords de la rivière South Platte. Quelques arpents cultivables sur une terre ingrate, une poignée de vaches et de chèvres, qu'elle défendait fusil à la main contre les intrus, avec un courage et un acharnement dignes d'admiration. Pour un type comme moi toujours sur les pistes, disons que j'ai connu auprès d'elle la douceur d'un vrai foyer quand je revenais entre deux missions. Elle m'accueillait alors comme si j'étais parti la veille, ce qui était appréciable pour un diable dans mon genre. Une nuit que j'étais au loin, ces damnés Cheyennes en ont profité pour attaquer sa ferme. Ma belle amie les a tenus en respect une bonne partie de la nuit, mais à l'aube, elle était à cours de munitions. Elle allait se résoudre au pire quand un cavalier a déboulé de nulle part et s'est mis à parader sur son cheval, son fusil bien en évidence au-dessus de sa tête, en poussant des cris. Les Indiens ont tourné bride et traversé la rivière comme s'ils avaient vu le diable en personne...

Weyland laissa passer un temps avant d'enchaîner :

— Il se trouve que je suis revenu trois jours après les faits et voilà que ma belle amie me saute au cou, m'embrasse comme de la brioche, et ses deux fils l'imitent et pour un peu m'auraient appelé « papa ». Et ils me racontent cette histoire, et ma charmante compagne de finir : « Pourquoi t'es-tu enfui après ça ? Pourquoi n'es-tu pas venu coucher à la maison ? » J'en suis resté bouche bée. Ce sauveur, c'était moi. Ou du moins, quelque chose de moi qui s'était projeté là-bas pour leur prêter secours. Tous les trois, ils m'avaient reconnu sur mon canasson, avec mon fusil, et les Cheyennes aussi, qui ne s'étaient pas risqués à m'affronter. Je n'ai jamais eu le courage de leur dire le contraire. Sauf qu'au moment de l'attaque, j'étais affalé dans un saloon d'Abilene, bien plus moche que celui-ci, à penser à eux en me rongeant les sangs. Un Indien à qui j'en ai parlé un jour m'a parlé du Puha, la force spirituelle qui règne sur la Sierra. Une très ancienne croyance, m'a-t-il dit, partagée par de nombreuses tribus qui échangent leurs témoignages le soir au coin du feu.

Je baissai la tête et me remémorai certaines paroles de Mr. Peng.

— Les Chinois pensent aussi que l'esprit de Wardrop est prisonnier de la passe Crèvecœur, condamné à piller les voyageurs des trains comme il le faisait à l'époque où il dépouillait les ouvriers morts avant de les jeter au fond des puits.

— Ouaip, approuva Weyland avec un sourire en coin, et ce beau pèlerin endimanché que nous avons déterré ce soir, ce n'était pas Wardrop, je parierais mon scalp ! Le contremaître de Mr. Kieron Morley avait sûrement besoin de se faire oublier. À mon avis, il est bien vivant, et il a filé au loin. Même si une part de lui-même est restée là-haut, bien malgré lui.

— Ce serait son double qui hante les trains, s'effara Elly, et qui s'en serait pris aux Pinkerton ? Un double incontrôlable ?

— Les Pinkerton sont les ennemis jurés de la Brigade Pâle, attesta Weyland. N'oubliez pas qu'ils ont en grande partie œuvré pour la victoire du Nord contre le Sud. C'est pour cette raison que Clay Harper vous a engagés, pour vous déguiser en Pinks et voir l'effet que ça produirait à bord d'un *Transcontinental*. Le premier coup n'a rien donné, mais le second... Toi, pèlerin, tu peux en parler !

— Une silhouette énorme. J'ai encore la marque de ses doigts sur mon cou... attestai-je.

— Parce que la force spirituelle d'un être humain dépasse de loin sa morphologie physique, apprécia Weyland. Ce double peut alors apparaître comme disproportionné, démesuré. Tel que je suis apparu à Laura et ses fils la nuit où j'ai fait fuir les Cheyennes à mon insu.

— Oui, mais nous étions là aussi, cette nuit-là, endormis dans le même wagon, fit remarquer Armando. Pourquoi ne s'en est-il pas pris à nous aussi ?

Weyland partit d'un petit rire.

— Parce que de vous trois, seul Galore est un Pinkerton dans l'âme, et croyez-moi, je sais les reconnaître. Oh, il n'a pas encore passé les épreuves initiatiques que doivent surmonter les véritables agents Pinkerton, mais il a trouvé sa voie. Tandis que vous n'êtes que des opportunistes, pardon de vous le dire.

Armando vacilla sur son tabouret.

— Tout ça, c'est trop confus. J'ai trop bu. Je monte me coucher.

Et fort de ce constat, il tangua jusqu'à l'escalier en nous adressant un vague signe de bonsoir.

— Qu'est-elle devenue, votre amie de la rivière South Platte ? interrogea Elly avec une curiosité toute féminine.

Weyland haussa les épaules.

— Un matin, j'ai trouvé la ferme vide. Elle m'avait laissé un mot pour me dire qu'elle en avait assez et qu'elle retournait vivre dans l'Est pour offrir une véritable éducation à ses enfants. C'était une femme de grand mérite. J'en ai eu le cœur brisé.

Nous méditions ses paroles quand un type tiré à quatre épingles s'approcha de notre table en triturant son chapeau d'un air hésitant. Je n'identifiai pas sur-le-champ Mr. Ambler, le photographe, tant l'expression d'effroi peinte sur son visage le rendait méconnaissable. Il se pencha vers moi en s'épongeant le cou avec un mouchoir et glissa un morceau de carton sous mon nez tout en s'exclamant d'une voix trop forte pour être naturelle :

— Bonsoir, messieurs les Pinkerton ! Vous n'êtes pas venu prendre votre tirage gratuit, l'autre jour, vous vous souvenez ? Venez tout à l'heure. Je vous attends. La porte de ma boutique restera ouverte.

Sans nous laisser le temps de répondre, il s'était déjà esquivé en saluant.

— Drôle de bonhomme, constata Elly.

Je considérais négligemment le carton qu'il m'avait discrètement glissé et je lus ce mot griffonné au dos :

« *Venez vite. Je sais pour Wardrop.* »

22. LA PREUVE PAR L'IMAGE

Comme je m'apprêtais à attirer l'attention des autres sur ce curieux message, deux hommes poussèrent la porte du saloon, vêtus de ces manteaux poussiéreux d'une autre époque, et vinrent s'accouder à l'autre extrémité du comptoir. Le brave Herby qui éclusait comme un tonneau en avala de travers et se retira prudemment au fond de la salle en adressant un signe entendu à Weyland. Ce dernier les avait immédiatement repérés. Sales, pâles, couverts de poussière comme des déterrés... Même barbe broussailleuse. Même regard sombre. Sûrement étaient-ils de ceux que nous avions aperçus au cimetière.

— Il y a là dehors un cheval qui porte la marque d'une étoile sous l'oreille, lança l'un des deux. Il appartient à l'un de nos amis. Vaudrait mieux que le voleur se montre sans faire d'histoires.

C'était de ma monture qu'il parlait, celle que j'avais récupérée d'un de nos agresseurs de la Passe Crève-cœur. À compter de cet instant, les conversations s'éteignirent. La musique cessa. Les plus prudents se levèrent sans un mot et filèrent vers la sortie. La tension et l'inquiétude devinrent palpables.

— Je m'appelle Bottom, continua l'homme. Je suis sudiste et j'en suis fier. Je crache sur le Nord et le Président Grant. Il y a des gens ici qui posent trop de questions et vont fouiner dans des endroits où ils ne devraient pas, jusqu'à déranger le repos de nos morts.

Elly lampa son verre et tira discrètement son Remington Pocket de son corsage. Je lui adressai un signe négatif. J'avais déjà éprouvé l'inutilité des armes classiques contre ces personnages. Weyland lissa sa moustache en croc, signe de mauvais présage, et se tourna vers eux.

— C'est moi, le propriétaire du cheval, dit-il en m'écartant du bras de son angle de tir. Depuis que l'ancien a quitté ce monde. Et je suis du Nord, pèlerin, et fier de l'être.

Ceux de la Brigade Pâle tirèrent leur arme sans sommation mais Weyland avait anticipé, main à plat sur le chien de son long Remington. De terribles coups de feu ébranlèrent les parois du saloon. Bottom poussa un hurlement qui n'avait rien d'humain, et s'écroula comme un paquet de linge parmi la sciure qui recouvrait le plancher. Sonné par la mitraille, son compère parvint à battre en retraite dans la rue avec la souplesse d'un chat sauvage. J'allais le poursuivre lorsque je vis Weyland tituber en se tenant le flanc avant de glisser de sa chaise. Je n'eus que le temps de retenir sa chute.

— Calder ! Vous êtes blessé ?

— Satanés sudistes... maugréa-t-il. Ne reste pas là. File chez le photographe.

— Quoi ?

— C'est une diversion, c'est après lui qu'ils en ont...

— Je ne peux pas vous laisser là, vous saignez !

— Herby va s'en occuper. On a toujours procédé comme ça. Je prends les balles. Il les retire. File, je te dis !

Elly me signifia qu'elle restait auprès de lui, ce qui me fit l'abandonner avec moins de regrets. C'est qu'au fil des jours passés à ses côtés, j'avais fini par le trouver sympathique et attachant. Pour autant, il avait raison. Je devais parler à Ambler.

À peine sortis-je dans la grand-rue que je me retrouvai pris dans un mouvement de foule qui laissait augurer du pire. « Au feu ! » entendis-je. Je découvris la lueur de l'incendie en contrebas, vers laquelle couraient les badauds. Je compris ce qui s'était passé avant même d'arriver à mon tour devant la boutique du photographe dévorée par les flammes. L'idée que Mr. Ambler puisse encore se trouver à l'intérieur me glaça le sang. J'écartai rudement les spectateurs, et me couvrant la tête de mon veston, je me précipitai à l'intérieur en dépit des tourbillons de fumée. J'étais déjà venu et me rappelai la disposition de la pièce. À mon grand effroi, je distinguai le corps étendu du propriétaire derrière un bureau. Un filet de sang coulait sur sa tempe, preuve qu'il avait été frappé, mais, par bonheur, il était encore en vie et gémissait. Alors que je le saisissais pour le tirer du brasier, il s'accrocha vigoureusement à mon col pour m'en empêcher.

— Le dossier 11-68, là dans le tiroir, vous entendez ! 11-68 ! Prenez tout ! Il m'avait interdit de le prendre en photo, mais je suis un artiste, moi ! Un artiste !

Avait-il une idée de la situation ou le coup sur la tête lui faisait-il oublier quel risque nous courions à nous attarder ainsi ? Ce disant, il désignait de la main une armoire en bois derrière nous, garnie de tiroirs que les flammes commençaient à lécher dangereusement.

Les étiquettes étaient devenues illisibles, et je dus ouvrir les casiers un à un pour finalement découvrir une seule enveloppe qui portait le chiffre indiqué. Je la glissai promptement sous ma ceinture et retournai auprès du blessé.

— Vous l'avez, hein ? Ils n'ont pas réussi à me faire dire où elle se trouvait... On ne fait pas chanter Horace Ambler, non, m'sieur !

Je décidai de ne plus écouter ses égarements et le jetai sans ménagement en travers de mes épaules. Tâche pas si aisée que je le pensais. J'avais beau être assez costaud, Ambler pesait le poids d'un âne mort et je me mis à vaciller, zigzaguant pour éviter les premiers tronçons de poutres qui tombaient du plafond. Impossible de ressortir par l'entrée principale, désormais barrée. J'avisai une porte entrouverte dans le fond. Asphyxié par les fumées et brûlé aux coudes et aux épaules, j'émergeai je ne sais comment dans la ruelle sur l'arrière du bâtiment. Je déposai le photographe à peine conscient et, avisant un abreuvoir à chevaux, m'empressai d'y plonger pour me rafraîchir. Alors que je reprenais péniblement haleine, je sentis des mains froides se refermer autour de mon cou et, en dépit de ma résistance, m'enfoncer la tête sous l'eau. J'eus le temps d'entrevoir un coin de pardessus poussiéreux, et surtout, à la lueur de l'incendie, un visage que j'aurais reconnu entre mille. Angus Dulles...

— Hello, Galore, me salua-t-il. On devait forcément se revoir.

Je tentai de me débattre. La pensée que j'allais mourir bêtement, noyé au fond d'un abreuvoir par les bons soins d'une telle crapule, me révulsa suffisamment pour que je recouvre mes forces. Je parvins à me redresser, et luttai avec la sauvagerie du désespoir.

Nous roulâmes dans la poussière de l'allée. Le gros fermier était plus costaud que je ne l'imaginais mais je parvins à lui appliquer une sévère droite au menton qui lui fit rouler les yeux comme des billes, mais il se reprit rapidement et s'ingénia à m'étrangler pour de bon. Soudain, des coups de feu claquèrent dans la pénombre et une balle siffla tout près. Dulles poussa un cri suraigu et se libéra de mon étreinte pour filer sans demander son reste. Trois hommes vêtus de complets sombres venaient de faire irruption dans l'allée, fusil au poing, insignes bien visibles au revers de la veste.

Des Pinkerton, et à leur tête, Clay Harper. Ce dernier se pencha sur moi, goguenard :

— Juste à temps, agent Galore, non ?

En guise de réponse, je recrachai l'eau nauséabonde que j'avais encore dans les poumons.

— Félicitation, rétorquai-je. Vous avez engagé un membre de la Brigade Pâle ! Ce maudit fermier en est, vous pouvez me croire !

Je comprenais d'autant mieux ce sentiment d'effroi qui m'avait saisi quand j'avais eu en main son jeu de cartes à Salt Lake. Ce type était-il seulement humain ? Pour un peu, j'en aurais presque oublié Ambler qui reprenait son souffle à l'écart. Des gens s'attroupaient autour de lui afin de lui porter secours.

Encore sonné, je cherchai à tâtons l'enveloppe que j'avais pu sauver du feu. Je l'ouvris en tremblant. Il n'y avait qu'un seul cliché, représentant des ouvriers chinois chargés de paniers emplis de bouteilles, et qui fixaient l'objectif d'un air hagard. En arrière plan, on distinguait nettement un homme assez grand, à longs cheveux noirs, aux joues mangées par une barbe fournie, un fusil sur l'épaule, vêtu d'un manteau de sudiste.

— Wardrop, annonçai-je non sans fierté. Au moins on sait à quoi il ressemble. C'est lui, le Chapardeur. Ou quelque chose de lui.

— Je le connaissais, déclara Harper. Un marchand d'esclaves avant la guerre, qui s'est copieusement enrichi... Il possédait une maison en Virginie... Il est mort, aujourd'hui. Enseveli sous la montagne à ce qu'il paraît.

Harper se tourna vers ses équipiers.

— Conduisez l'agent Galore au train. Le directeur l'attend.

— Quoi ? Mr. Pinkerton est ici ? tressaillis-je.

— Il croit l'affaire suffisamment sérieuse pour la suivre en personne.

Les adjoints m'aidèrent à me relever. À peine m'eurent-ils éloigné que la bâtisse en flammes du photographe s'effondra comme un château de cartes.

23. RÉVÉLATIONS

Un train privé patientait en gare sur une voie à l'écart, ses fenêtres festonnées de tentures rouges de grand style. Après ce que je venais de vivre ce soir, j'étais assez indifférent à l'idée de rencontrer à nouveau le patron en personne. Et quant à lui faire mon rapport... Qu'aurais-je bien pu lui dire qui eût un sens ? Dans cette sombre affaire, quel tribunal aurait été à même de juger la force occulte qui œuvrait à bord du *Transcontinental* ?

Harper m'introduisit dans une voiture aménagée comme le salon d'un club mondain, tout en boiseries et en cuir, canapés de velours et reproductions de toiles de maître accrochées aux murs. Puis il s'éclipsa pour poster ses hommes en sentinelle sur le quai. J'eus la surprise de constater que mes partenaires Armando et Elly avaient également été conviés. Le premier cuvait son excès d'alcool, à demi assoupi sur son siège. En me voyant, Elly se leva pour me prendre les mains. À l'évidence, elle s'était inquiétée de mon sort et ce fut une douce consolation eu égard aux circonstances.

— On dirait que tu t'es roulé dans du charbon, remarqua-t-elle sur le ton de la plaisanterie. Tu n'as rien ?

— J'ai réchappé de peu à un incendie, une tentative de strangulation, mais sinon, je suis intact. J'ai une preuve. Avec sa manie de tout prendre en photo, Ambler possédait un cliché de Wardrop. Désormais, nous pourrons l'identifier et dresser des avis de recherche, s'il est vivant comme Weyland le pense. Comment va-t-il, d'ailleurs, l'ami des Paiutes ?

— Ce n'était qu'une éraflure. On lui a bandé le flanc. Quand je l'ai quitté, il se tenait presque debout et promettait de danser.

La nouvelle me soulagea et j'allais parler au sujet de Dulles, révéler le sinistre personnage que cachait sa bonne bouille de fermier, quand Allan Pinkerton fit pivoter son fauteuil à larges accoudoirs pour nous faire face. Son œil toujours aussi acéré nous toisa tour à tour.

— C'est à moi que vous devriez faire votre rapport en priorité, Agent Galore, non à votre équipière.

— Je crois que c'est inutile, monsieur, répliquai-je du tac au tac. J'ai le sentiment que vous connaissez les dessous de l'affaire du Chapardeur depuis le début, et que vous nous avez utilisés comme appâts pour confirmer votre théorie. Nous n'avons pas simplement affaire à un sinistre individu, Cecil Wardrop, mais à une puissance surnaturelle qu'il a générée, Dieu sait comment, et qui continue de hanter les montagnes. Ceux de la Brigade Pâle veillent sur elle, à moins qu'elles ne cherchent à l'arracher de cet endroit... Beaucoup de questions restent sans réponse.

Pinkerton haussa les sourcils, surpris par mon aplomb, avant de manifester une certaine satisfaction :

— Voilà ce que j'appelle un rapport franc et direct, dont je prends acte. Tout ce que vous dites tombe sous le sens. Oui, je soupçonnais effectivement une chose de ce genre depuis le début, car ce n'est pas la première fois que l'Agence traite de certaines manifestations surnaturelles. Nous possédons même une branche spéciale dédiée à cette activité. Une idée de Calder Weyland, mon associé, à l'époque où nous rêvions ensemble de rétablir la loi et l'ordre sur tout le territoire. Autant vous dire que je connais l'existence de la Brigade Pâle, dont Cecil Wardrop fut le chef. Nous traquons ses membres depuis la fin de la guerre de Sécession, sans relâche, ni pitié. Nous les soupçonnons d'être à l'origine de nombreux crimes non élucidés. Je suis à peine surpris de les voir mêlés à ceux-ci.

Il souleva un coin de tenture, jeta un œil sur le bâtiment du dépôt qui jouxtait la voie, puis déclara :

— Voici mon dernier invité qui arrive. Je n'allais certes pas repartir sans lui...

Un instant plus tard, Calder Weyland faisait son apparition sur le seuil du salon, son bras en écharpe, plus pâle qu'à l'ordinaire. Il s'avança d'une démarche un peu raide pour faire crânement face à Pinkerton.

— Je ne m'attendais pas à te revoir un jour, Allan.

— Ni moi, Calder. Je regrette pour ton frère. Il est mort dans l'exercice de ses fonctions, en agent courageux et loyal.

— J'aurais préféré qu'il reste à l'écart.

— Je n'ai rien fait pour le convaincre de rejoindre l'Agence et tu le sais.

— Ni pour le décourager non plus. À défaut d'avoir su convaincre l'aîné des Weyland de rester à tes côtés, tu as pensé prendre ta revanche en t'assurant les services du cadet. C'est dans ta nature, tu veux toujours avoir le dernier mot.

— Tu me juges bien mal. Je mets ta rancœur sur le compte de ton chagrin. Je le partage, et je suis sincère. Je pleure la mort de chacun de mes agents comme celle d'un fils, et dans le cas de Salomon, plus encore.

Weyland lissa sa moustache, dans ce geste si caractéristique qui chez lui trahissait une colère rentrée.

— Ne me fais pas rire, Allan. Tu te fiches de tes agents comme de ton premier tonneau de bière. Tu oublies que je te connais trop bien. On patrouillait ensemble comme simples agents dans les rues de Chicago, dans notre jeunesse.

— Je n'ai rien oublié, ni que tu aurais pu devenir quelqu'un d'important à mes côtés, quand nous avons fondé l'Agence.

— Toi et toi seul as fondé l'Agence, Allan. Moi, je suis retourné dans la prairie, vivre une vie de courant d'air. Pas question d'appartenir à ta secte.

Allan Pinkerton avait écouté patiemment les griefs de notre vieux compagnon, et sans doute ce dernier était-il l'un des rares qu'il ait jamais consenti à écouter.

— Tu vas trop vite en besogne, Calder. Ma secte, ainsi que tu la nommes, fait régner un semblant de loi dans ce pays immense et incontrôlable. Oui, il y a eu des abus, des excès, des dérapages, mais ils ne sont rien en comparaison du bien que l'Agence a apporté à la communauté. Combien de vols, d'attentats, de meurtres avons-nous déjoués au péril de nos vies ? Si nous n'avions pas été là, le Nord aurait perdu la guerre contre le Sud, tu peux en être sûr, et à ce titre, aucun président des États-Unis, présent ou futur, ne pourra mésestimer notre influence.

— Si vous êtes ce que vous dites, intervint Elly, si vraiment la justice et la loyauté sont vos seuls motifs, alors vous devez intervenir pour empêcher la pendaison de Charlie Nonesuch. Qu'il aille croupir quelques années en prison ne lui fera pas de mal, mais il n'est pas le responsable des meurtres de vos agents.

Pinkerton parut réfléchir, peser chaque parole qui venait d'être prononcée.

— Elle a raison, appuya Weyland, et ces deux garçons-là, le Navajo et le Dandy, sont aussi de cet avis. Il y a des mots qu'on ne peut pas porter en bandoulière, Allan, sans les respecter. Comme le mot « justice ».

— Je ne peux rien. Le juge a rendu son verdict. Le gamin sera pendu. Que suggères-tu ? Que je conteste le verdict en opposant la version de l'Agent Galore sur les méfaits du Puha, la puissance de la Sierra ? On ne fait pas d'omelette sans casser des œufs. Ce train retourne à Chicago. Toi aussi.

— Je descendrai au premier point d'eau, Allan. Tu ne peux pas me retenir prisonnier, et tu le sais.

— Ce n'est pas le cas. Je m'applique seulement à te protéger. Tu es blessé. Ce voyage te fournira l'occasion de prendre du repos.

Weyland allait répliquer quand un léger tremblement ébranla le convoi.

— D'ailleurs, il est trop tard. Nous partons.

Le vieil éclaireur se pencha par l'une des fenêtres pour constater l'irréversible.

— Je n'ai aucune intention d'aller à Chicago, pesta-t-il. J'ai encore à faire ici, dans ces montagnes... Si tu penses que l'affaire du Chapardeur est pliée, tu te goures. J'aurai ce monstre. Ce double maléfique créé je ne sais comment par Wardrop. Quel qu'il soit. Auparavant, en souvenir du bon vieux temps, use de ton influence et envoie un télégramme à Sacramento : toi seul as le pouvoir de suspendre l'exécution de Charlie Nonesuch.

— Si tu promets de ne pas sauter en marche au moins jusqu'à Salt Lake, capitula Pinkerton avec un soupir.

— Et Wardrop ? m'indignai-je. Et le secret de la passe Crèvecœur ? Nous laissons tomber ?

— Mr. Morley, de la Compagnie des Chemins de Fer, nous a fait savoir qu'il renonçait à nos services. Légalement, nous n'avons plus le droit de mettre notre nez dans ses affaires.

— Bobards ! releva Weyland. Morley n'a dessaisi l'Agence que parce qu'il craint que l'affaire ne révèle de quelle manière la Compagnie a traité ses ouvriers chinois, en les faisant trimer sous les ordres d'un monstre tel que Wardrop, sans parler de la fosse commune sous la montagne...

Pinkerton hocha vaguement la tête, puis alluma un cigare.

— Je ne suis pas dupe, Calder, et il n'est pas dit que Mr. Morley ne paie pas un jour ses pratiques barbares. Disons que pour un temps, je laisse les choses se tasser. En attendant, je vous suggère de passer dans le salon voisin pour vous restaurer. Le voyage ne fait que commencer.

Sauf à vouloir descendre du train lancé maintenant à toute vapeur, nous ne pouvions guère que nous conformer à ce conseil. Nous nous retrouvâmes tous dans le wagon voisin garni de banquettes, où un buffet digne des meilleurs traiteurs était déjà dressé. Harper et ses deux collègues prirent place à l'écart pour deviser tout en fumant. Nous autres, Elly, Armando, Weyland et moi dînâmes en silence, puis chacun s'installa dans un coin pour s'efforcer de tuer le temps.

Elly enrageait visiblement de voir s'éloigner les lumières de sa carrière de danseuse à San Francisco. Armando peinait à conserver les yeux ouverts, mal remis de sa cuite, et ne tarda pas à chavirer contre le mur. Assis dans un coin, Weyland grimaçait discrètement de douleur. Je m'enquis de l'état de sa blessure.

— Rien du tout, m'assura-t-il en tentant de donner le change. J'ai connu pire. Je vais faire un somme et, d'ici demain, je serai frais comme un écureuil.

Je m'assis à une table et tirai un paquet de cartes tout neuf. Je m'absorbai dans une réussite solitaire, attendant que l'épuisement vienne me fermer les yeux, mais les heures s'écoulèrent sans que j'y parvienne. Les événements de la soirée, ajoutés à ce départ imprévu, jouaient sur mes nerfs. Et puis, peu à peu, je dodelinai du chef. Des rêves étranges passèrent devant mes yeux. Je voyais l'homme sur la photo s'animer brusquement et maltraiter les Chinois en contrebas qui avançaient tête baissée, chargés de bouteilles d'explosifs. J'entendais sa voix rude, méprisante, comme si je me tenais là, face à lui...

J'eus soudain l'impression qu'il prenait conscience de ma présence et se tournait vers moi. J'en fus si terrifié que je m'éveillai en sursaut. Clay Harper se tenait assis face à moi de l'autre côté de la table et me dévisageait avec une expression soupçonneuse.

— Il paraît que tu as grandi à Saint-Louis ?

Je massai mes paupières. Depuis quand me reluquait-il ainsi ?

— Je ne suis pas sûr que ça vous intéresse.

— Si, au contraire. Ta mère était danseuse et chanteuse. Elle t'a abandonné, et tu n'as jamais retrouvé sa trace...

— Qui vous a raconté tout ça ?

— C'est mon devoir de tout apprendre sur les nouveaux agents. Surtout ce qu'ils essaient de cacher.

— Soyez sérieux, je n'appartiens pas vraiment à l'Agence.

— Qui sait ?

— Je n'ai ni juré sur la Bible Noire, ni affronté le Tribunal des Douze Cagoules, ni passé l'épreuve de la Chambre de la Terreur.

Harper plissa ses yeux.

— Tu es bien renseigné. Je suppose que c'est Weyland qui t'en a parlé ?

En entendant son nom, Calder entrouvrit les yeux et remua sa moustache.

— Tu imaginais que l'Agence repousserait ta théorie, pas vrai, supputa Harper, qu'elle n'était pas du genre à prendre au sérieux un événement surnaturel ? Détrompe-toi. Pendant la guerre civile, il s'est produit d'étranges événements sur les champs de bataille...

— Comme l'apparition de la Brigade Pâle ? Cette bande de tueurs envoûtés par je ne sais quel maléfice ?

— Nul ne sait ce qu'ils sont réellement, admit Harper, mais ils existent. Des témoins les signalent aux quatre coins du pays, engagés par des hommes sans scrupules pour les tâches les plus viles. Nous pensons qu'ils sont de plus en plus nombreux, jusqu'à former à leur tour une sorte d'Agence. Ce qui signifierait que le rituel qui leur donne le jour a encore cours, et que bon nombre s'y soumettent.

— Angus Dulles était des leurs. Vous le saviez en l'embauchant ?

Il jeta un œil par la fenêtre sans répondre. Nuit noire. À cette heure, le train traversait sûrement la Sierra. Je m'étirai.

— Comment passe-t-on de l'état d'être humain à celui d'une telle créature ?

— Personne ne peut le dire, soupira Harper. La création même de la Brigade reste un secret bien gardé. On prétend que l'état-major sudiste, redoutant la défaite, passa un pacte avec des chamans indiens de l'Ouest...

Tout en l'écoutant, je rebattis mes cartes avec une décontraction feinte, puis les étalai entre nous.

— À cette heure, nous ne devrions plus tarder à atteindre les parages de la passe Crèvecœur... Coupez le paquet.

— Je ne joue pas, se rétracta Harper. Je suis un agent assermenté, ne l'oublie pas.

— Ce n'est pas un jeu, seulement une expérience...

Harper consentit avec un sourire.

— Ne crois pas m'épater, lança-t-il. J'ai déjà vu mille tours de joueurs. À la base, il s'agit en général d'un habile calcul mental.

— Pas toujours, répondis-je.

Et alors que je lui reprenais mon bien, je fus parcouru d'une sensation stupéfiante. Ou plutôt, une absence de sensation. Moi qui étais accoutumé à recevoir en pareil cas des visions fulgurantes d'un réalisme effrayant, je ne ressentis rien. Ce vide sidéral me glaça, car je venais d'en comprendre le sens...

Harper crut à un numéro et éclata de rire.

— Remets-toi, Galore. Je te l'ai dit, je connais tous les tours de cartes, et je ne suis pas facile à percer. La prochaine fois, essaie sur Wardrop, ou son âme égarée !

Sur ces entrefaites, Weyland, qui s'était jusqu'alors tenu à l'écart, s'assit à mes côtés :

— Les Indiens paiutes parlent exactement de cela, intervint-il sur un ton anodin, une force mystique qui serait en chacun, un autre moi qui se libérerait dans certaines situations et serait capable de migrer instantanément à l'autre bout du monde, ou en un endroit précis qui l'appellerait... Ils le nomment Puha... Vous aviez déjà entendu parler du phénomène avant, non ? Vous étiez à Shiloh, je parie...

— Quoi qu'il en soit, éluda Harper, Wardrop se trouve six pieds sous terre, avec une montre dans sa poche arrêtée sur trois heures dix, le signe de reconnaissance de la brigade...

— Une montre en toc, non en argent, et dénuée de l'inscription fraternelle... Peut-être le détail de trop pour celui qui veut nous le faire croire et éloigner les soupçons. Quoi de mieux qu'une mort accidentelle pour éteindre les poursuites et disparaître dans la nature ? C'est toujours le détail en trop qui perd le criminel.

— Quel détail de trop ? s'enquit Harper.

— Eh bien, mon vieil ami Herby a mis ce pèlerin en terre l'hiver passé, on peut dire dans la plus stricte intimité car personne n'y assistait. Et lui-même ignorait que la montre se trouvait dans la poche du défunt. La question qui me vient alors à l'esprit, c'est comment connaissez-vous son existence, si vous n'êtes pas celui qui l'a placée, *Mister Wardrop* ?

Soudain, une foule de détails me revint à la mémoire, à commencer par ma première entrevue avec le détective, *Chez Rouillard*, cette impression fugitive de portrait déformé dans le miroir faisant face à la porte. Nombre d'attitudes, de regards, s'assemblèrent pour former un large faisceau de présomptions. Et puis, l'homme sur la photo... Comment avais-je pu passer à côté ? Je la ressortis sans attendre. J'essayai d'imaginer le personnage les cheveux courts, dénué de barbe... Un frisson glacé courut le long de mon échine.

— J'ai beaucoup de respect pour vous, Weyland, se défendit Harper, mais vous faites erreur. Je ne peux pas vous laisser raconter de pareilles sornettes sur mon compte. J'appartiens à l'Agence. Ma loyauté est sans failles. Si j'étais l'homme que vous dites, Pinkerton m'aurait démasqué du premier coup !

Je glissai la photographie que j'avais arrachée aux flammes sous ses yeux.

— C'est vous. Je viens de le comprendre à l'instant quand vous avez coupé les cartes. Vous n'avez appris qu'assez tard qu'Ambler vous avait tiré le portrait en dépit de l'interdiction. Vous l'avez sûrement vu qui nous parlait au saloon, et vous avez compris qu'il allait cracher le morceau. Vous avez chargé Dulles, votre complice incendiaire, d'effacer les traces, et par la même occasion de vous débarrasser du témoin.

— Je t'ai sauvé la vie, ce soir, Galore, tu sembles l'oublier.

— Vous avez surtout permis à Dulles de s'échapper alors que j'aurais pris le dessus.

— Cette photo est floue ! s'emporta-t-il. Ce pourrait être n'importe qui. Mr. Pinkerton répondra de moi. Je ne me laisserai pas insulter par un novice !

— Le regard, observa Weyland. Un regard ne trompe jamais. Et je parierais que vous avez pris un congé sans solde l'an passé pour gagner votre vie au service de la Compagnie des Chemins de Fer en qualité de contremaître, quand il a fallu presser les ouvriers chinois d'ouvrir le passage. Il faut croire que ce vieil Allan n'est plus ce qu'il était pour ne pas vous avoir repéré. Le chef de la Brigade Pâle est devenu un Pink !

Harper bondit de sa chaise avec une rapidité foudroyante et sortit son arme en reculant lentement vers la porte de séparation. Une expression haineuse tordit sa figure jusqu'alors impassible.

— Pas un geste ! Nous arrivons au terminus, messieurs.

24. VOIE DE GARAGE

— Vous ne savez rien de moi, rien de ce que je suis ! cria Harper en nous tenant en respect. Oui, j'appartiens à la Brigade Pâle. Je guettais, j'attendais le moment propice pour frapper l'agence Pinkerton à la tête. Les Chinois m'appelaient le Châtiment. Je vais vous prouver à quel point ils disaient vrai... Écoutez !

Un bruit sourd de cavalcade se mêla au vacarme lancinant des essieux. Je distinguai par la vitre une demi-douzaine de cavaliers vêtus de cache-poussière, visages de farine tourmentés de barbes touffues, qui remontaient le long du convoi tels des diables.

— Ils viennent te prendre, Pinkerton ! cria Harper.

— Tout le contraire, annonça Pinkerton d'une voix calme en surgissant dans son dos.

Était-il passé par quelque passage secret dissimulé dans la boiserie ? Il s'était matérialisé devant nous comme par enchantement et tenait maintenant son lieutenant en respect.

— Pas de geste brusque, Wardrop... Le pistolet que je pointe dans ton dos est chargé de balles en argent. Désarmez-le et attachez-le.

Harper grinça des dents de dépit, tandis que je participais avec joie à la tâche de le ligoter sur une chaise, au beau milieu du wagon. De son côté, Weyland avait brisé une vitre pour faire feu avec son six-coups sur nos assaillants. Les autres adjoints lui prêtèrent main-forte et leur redoutable efficacité, conjuguée au fait qu'ils tiraient les terribles projectiles Minier, eurent tôt fait d'abattre plusieurs d'entre eux. Nous crûmes à la victoire, quand le sifflet strident de la locomotive perça nos tympans. Je me penchai par la vitre baissée : des flammes s'élevaient dans la nuit, parmi les lacets de la montagne. Je compris aussitôt ce qui se tramait.

— Ils ont barré la voie ! alertai-je.

Pris d'une inspiration, Weyland saisit Armando par l'épaule avec virulence pour le tirer de sa torpeur. À force de le secouer comme un prunier, l'Indien réagit enfin.

— Qu'est-ce que vous me voulez, vieux débris ?

— Navajo de malheur ! C'était bien le moment de prendre une cuite ! le houspilla-t-il.

Il lui désigna par la vitre l'un des chevaux de la Brigade qui, bien que privé de cavalier, continuait de poursuivre frénétiquement le convoi.

— Écoute bien : on arrive à la passe Crèvecœur. Tu enfourches ce canasson et tu doubles ce maudit train, qui va ralentir dans la montée. Tu vas jusqu'à l'aiguillage. Tu trouveras un levier caché dans la pierraille. Il n'est protégé que par une chaîne et un mauvais cadenas. Abaisse-le. Tu as compris ce que j'ai dit ? Tu abaisses le levier !

Armando cligna des yeux tel un hibou que l'on aurait tiré de son trou d'arbre.

— Jamais je ne pourrai ! paniqua-t-il. C'est du suicide !

— Sacré nom, je le ferais si j'avais seulement vingt ans de moins, et je ne suis même pas indien ! rétorqua Weyland. Toi, si. Et tu vas le prouver !

— Mais... réalisa notre ami, vous me demandez d'envoyer le train droit dans la passe ! Vous savez bien que c'est une voie de garage !

— Très précisément, pèlerin ! Fonce et sans réfléchir !

Tel un automate, notre compagnon allait enjamber le rebord de la fenêtre quand Elly l'agrippa par le bras et l'embrassa à pleine bouche.

— J'aurai mieux que ça à ton retour si tu réussis ton coup !

Armando en fut comme galvanisé et il se glissa au dehors avec la souplesse d'un lézard pour retomber acrobatiquement sur la selle du coursier déserté par son cavalier. Porté par sa foulée presque surnaturelle, il dépassa aisément la locomotive et nous le perdions de vue quand les lumières faiblirent subitement. Un vent glacial traversa tout le wagon. Chacun d'entre nous se raidit de frayeur. Pinkerton lui-même se tint sur le qui-vive, son pistolet levé... Comme nous, il devinait quelle sorte de danger s'annonçait ainsi. Saucissonné sur sa chaise, Wardrop parut se liquéfier.

— Détachez-moi ! Laissez-moi filer ! Je ne peux pas le rencontrer ! Je ne peux pas ! Ce... Cette chose... n'est plus moi ! Il y a réellement eu un éboulement. Je suis resté dessous durant des heures. J'ai laissé une part de moi-même sous ces rochers... Vous ne savez pas ce qu'IL est !

— Ne te plains pas, railla Weyland d'une voix blanche. Il est si rare pour une crapule de se regarder en face sans l'aide d'un miroir.

Des chocs sourds ébranlèrent le wagon comme si quelque géant avait atterri sur le toit et marchait de long en large au-dessus de nos têtes. Puis le va-et-vient cessa brusquement et la portière s'ouvrit à la volée. La lumière s'éteignit complètement et une brume glaciale envahit le compartiment. Parmi ses volutes, je discernai la monstrueuse silhouette en redingote que je ne connaissais que trop bien. En un éclair, elle s'empara des deux Pinkerton qui se trouvaient le plus près d'elle et les projeta par les fenêtres avec une violence sidérante.

Nous battîmes en retraite vers le fond, et, coude à coude, nous fîmes feu de toutes nos armes. À peine si cette caricature humaine en fut ralentie. Les balles ordinaires ou de type Minier n'avaient aucun effet sur elle. Wardrop, que nous avions abandonné au beau milieu sur sa chaise, poussa un cri de désespoir alors que son double l'écartait de son passage avec une sauvage brutalité. Puis celui-ci marcha sur nous. Nos chargeurs étaient vides ; nos armes fumantes pendaient, inutiles, au bout de nos bras.

Allan Pinkerton s'apprêtait non sans dignité à subir le même sort que ses adjoints quand quelque chose me poussa à attirer l'attention de la créature. Je sortis mon petit cadre, celui qui préservait l'unique photo de ma mère. Son or brilla dans la pénombre, et comme je m'y attendais, détourna l'attention de la créature, qui tendit sa main couleur de cendre pour s'en saisir... Je la lui abandonnai, bien à regrets, et elle se mit alors à la contempler avec une expression qui ressemblait fort à une sorte d'adoration sans limites.

Au même instant, une violente secousse ébranla le convoi.

— L'Indien a réussi, marmonna Weyland. Nous filons vers la passe. Accrochez-vous !

— J'espère que tu sais ce que tu fais, grommela Pinkerton. On va tous mourir !

De fait, le train fou s'était élancé dans la nuit sur la voie condamnée et branlante. Il franchit un pont de bois – qui s'effrita sous ses boggies – et dévala la pente, droit vers le tunnel, son sifflet strident emplissant la nuit comme un cri de terreur. Il s'enfonça dans le passage dans un nuage de vapeur et finit par percuter de plein fouet le remblai d'arrêt. Non pas avec la violence à laquelle je m'attendais, mais plutôt au ralenti, comme s'il avait simplement crevé un épais matelas. Il poursuivait son chemin dans les airs, à l'intérieur de la montagne...

Étrange sensation. Plus un bruit. Le temps semblait s'être arrêté.

La créature leva la tête, comprenant que quelque chose se tramait. Et soudain le train versa sur le flanc dans un affreux tintamarre métallique. Nous fûmes tous projetés les uns sur les autres dans les débris. Un nuage de poussière envahit nos poumons. Je mis un moment avant de réagir. Je n'étais pas blessé, tout juste commotionné. Les autres étaient également indemnes et se redressaient peu à peu en gémissant. Je rampai sur les coudes afin de m'extraire du wagon. Je roulai sur la terre meuble en toussant et crachant.

À cet instant précis, la poussière s'écarta autour de moi en un tourbillon furieux et la créature reparut, peut-être plus grande, plus impressionnante qu'elle ne m'était jamais apparue. En dépit de l'obscurité, je distinguais ses traits haineux et tourmentés. Non pas ceux de Cecil Wardrop, de la méprisable enveloppe de chair dont il s'était défaite, mais ceux du Mal en personne dans toute sa sublime horreur. Le Puha. L'Esprit qui est en chacun de nous. Piteusement affaissé contre la roche, j'étais trop abasourdi pour esquisser un geste face à cette puissance à contours humains qui pouvait me briser d'un geste... Elle se pencha vers moi et m'effleura la figure de ses doigts.

— Toi... murmura-t-il. Mon fils...

Ces mots me stupéfièrent. Des larmes d'effroi et d'incompréhension me montèrent aux yeux. Que voulait-il dire ? Pourtant, autre chose mobilisa mon attention. Nous n'étions plus seuls. Une myriade de bruits ténus nous enveloppait, comme si une foule nombreuse s'approchait à pas menus. Des voix... Des voix chargées de reproches emplissaient l'obscurité du tunnel. Une lumière verdâtre glissait sur les parois charbonneuses.

Wardrop regarda en arrière et son expression un temps radoucie reprit cet aspect effroyable propre à glacer les sangs. Il leva les mains dans une tentative pour se prémunir d'un danger imminent. C'est que progressivement, des dizaines, des centaines d'ouvriers chinois en guenilles émergeaient de l'abîme et le saisissaient par un pan de sa redingote. Il eut beau se débattre tel un damné, agiter les bras en de grands moulinets, il ploya bientôt sous le nombre, telle une araignée cédant aux fourmis qui s'agrègent sur elle, et fut inexorablement attiré dans les profondeurs.

C'était au tour des Hommes-Tonnerre d'appliquer leur châtiment... Je m'adossai à la paroi derrière moi en essayant de maîtriser le tremblement nerveux qui me parcourait tout entier. Elly me rejoignit en trébuchant.

— Que s'est-il passé ? Où est... la créature ?

Je secouai la tête, incapable de répondre. J'avais le souffle coupé. La scène à laquelle je venais d'assister était si invraisemblable, si inimaginable... C'est alors que le petit garçon apparut devant nous, dans son joli costume traditionnel de soie bleue, avec ce sourire à la fois naïf et bienveillant que nous lui avions vu la première fois, quand il nous avait montré la sortie du souterrain... Sans un mot, il me tendit le portrait brisé de ma mère, que j'avais cru perdu pour toujours. Je le saisis avec précaution, en effleurant ses doigts, que je sentis sous les miens comme s'ils appartenaient à n'importe quel enfant de son âge, chauds, doux et vivants... Le temps pour moi d'ôter la poussière qui ternissait la photographie, et l'adorable bambin s'était éclipsé.

25. ÉPILOGUE

Ce matin-là, je sortis frais et dispos de l'*Hôtel du Dollar d'Argent*, costume et souliers vernis, chapeau melon élégant sur le coin de l'oreille. Je faisais mille efforts pour marcher d'un pas égal, en réprimant mes douleurs de dos consécutives à l'accident de train, sans hésiter toutefois à saluer les dames qui se tournaient sur mon passage en chuchotant. Je me trouvai à neuf heures pile devant le bureau du shérif pour assister au transfert du prisonnier. Charlie Nonesuch apparut en veston, fers aux pieds et menottes aux poignets sous la vigilante escorte d'un adjoint. C'était une promesse que je lui avais faite la veille, en l'informant que les charges pour meurtre avaient été levées par le juge, et que la sentence de pendaison avait été commuée en peine de prison ferme au pénitencier d'État. Par mesure de précaution, le fourgon grillagé avait été avancé au plus près de la porte. Juste avant de disparaître à l'intérieur, le condamné m'adressa un petit signe qui pouvait passer pour un geste d'excuse.

Les pouces coincés dans l'échancrure de mon gilet, je ne lui répondis que par un imperceptible mouvement du menton car un « Pink » ne doit rien montrer de ses sentiments et en toute circonstance marquer son impartialité. Tout de même, c'est avec un serrement de cœur que je vis disparaître le fourgon à l'angle de la rue. Nonesuch ne recouvrerait probablement la liberté que dans des années, mais au moins il était en vie et pourrait rêver d'un avenir. Je voulus croire qu'il ressortirait un jour, assagi et définitivement guéri de son vice. Rien n'est plus irrémédiable que la peine de mort.

Le shérif Holcombe s'approcha de moi.

— On peut dire qu'il a eu une veine de pendu, plaisanta-t-il. Il avait la corde autour du cou quand la grâce du gouverneur est intervenue. Je suppose que l'Agence n'est pas pour rien dans ce subit retournement de situation ? Elle a décidément le bras long. Qui aurait dit que cette ordure de Wardrop était encore en vie et se livrait à ces vols à bord des trains ? À l'époque, j'avais entendu des témoins assurer qu'il avait été enseveli sous un éboulement dans la passe Crèvecœur.

— Il s'en est tiré, répliquai-je, laconique.

— Quoi qu'il en soit, il est hors d'état de nuire, soupira le shérif. Il a survécu comme vous à l'accident du train et a été transféré dans un asile psychiatrique. À la revoyure, agent Galore.

— De même.

Je pensais être seul à m'être levé pour assister au départ de Nonesuch et j'avais tort. Elly et Armando se tenaient sur leurs chevaux, de l'autre côté de la rue. Je traversai pour les saluer.

— Alors c'est décidé, leur lançai-je sur un ton faussement désinvolte, vous partez à San Francisco ?

— Si je veux devenir une danseuse célèbre, répondit Elly, c'est le meilleur endroit. Armando connaît du monde là-bas. Il veut m'aider.

236

— Sûr, fis-je en adressant un clin d'œil au Navajo. Et que faites-vous de votre contrat chez Pinkerton ?

— On compte sur toi pour que l'Agence ne nous mette pas un avis de recherche sur le dos, s'esclaffa Elly. Weyland a raison. De nous tous, tu es le seul qui ait une âme de détective.

Elle marqua un silence embarrassé puis ajouta plus sérieusement :

— Viens avec nous, Neil ! Toute cette histoire ne t'a pas suffi ? Tu tiens vraiment à ton insigne ?

— Je n'en sais rien, avouai-je, cela dépendra du résultat de mon voyage à Chicago. Le boss m'a convoqué là-bas. J'ignore ce qu'il en sortira.

À cet instant, ce n'était pas l'envie de me joindre à mes deux compères qui me manquait. Je savais ce que je perdais en laissant Elly partir loin de moi, mais je sentis que, si je cédais, je conserverais à jamais un sentiment d'inachevé.

— Le piège s'est refermé, hein ? nota Armando. Pinkerton te tient en laisse, bien serré ?

— Personne ne me tient, simplement je veux aller au bout des choses. Il m'a proposé un vrai contrat, un vrai poste. Ma décision est prise. Je veux devenir agent fédéral.

— Qu'est-ce qui s'est passé précisément dans le tunnel ? demanda Elly. Que s'est-il passé entre toi et... Wardrop ?

Je secouai la tête. En étais-je sûr moi-même ? Étais-je convaincu d'avoir entendu ces terribles paroles... Mon père, ce monstre ? L'homme dont ma mère n'avait jamais voulu ne fut-ce qu'une fois prononcer le nom ?

— Adieu, dit simplement Elly.

— Bon vent à tous les deux.

Ils tournèrent bride et j'abaissai le bord de mon chapeau sur mes sourcils, afin qu'on n'imagine pas qu'une larme venait de m'échapper. Ainsi va la vie, faite de rencontres et de départs. C'est ce que je ruminais quand un vieux cavalier monté sur une jument pommelée m'aborda au pas.

— Howdi ! lança-t-il en croisant ses mains sur le pommeau de sa selle.

— Howdi ! répliquai-je en imitant sa façon des gars de l'Ouest. Vous aussi vous quittez Sacramento ?

— Oh moi, je suis toujours sur le départ, fit-il, amusé. À peine arrivé aussitôt parti, c'est l'histoire de ma vie. Je retourne dans la Sierra, vivre un temps parmi les Paiutes pour faire le deuil de mon frère. Manger du lapin, courtiser les squaws... Poisson-qui-file-sous-la-pierre me l'a proposé hier soir. J'ai accepté.

— Hier soir ? tiquai-je. Il est venu vous rendre visite à l'hôtel ?

— On peut dire ça, concéda l'éclaireur sur un ton mystérieux.

— Ne me dites pas que les Paiutes ont aussi le pouvoir de détacher leur esprit de leur corps pour rendre des visites de courtoisie !

— Ce ne sont pas les seuls, pèlerin. Qui te dit que je suis vraiment là devant toi, que je ne suis pas une parfaite hallucination ?

Je me grattai la nuque, désarçonné.

— Eh bien, je le sais parce que je peux vous toucher et aussi sentir votre odeur de lavande, et parce qu'en plein soleil, au beau milieu de la rue, vous ne pourriez pas tromper mes sens ?

— Non ? Tu n'es pas au bout de tes surprises, pèlerin. Le Puha est une force complexe... Et je te conseille de ne dire à personne que je sens la lavande !

Il monta en selle en réprimant un gémissement, saisit les rênes, mais, comme pris d'un remords, se pencha à nouveau vers moi.

— Et si je te conseillais de m'accompagner, de ne pas t'engager à l'Agence, tu m'écouterais pour filer bride abattue ?

— Vous n'allez pas vous y mettre aussi ? Non. Je veux en savoir plus sur la Brigade Pâle, connaître l'origine du rituel qui initie ses membres, et je ne pourrai le découvrir qu'en restant à l'Agence.

— Je me disais bien ! soupira-t-il.

— Ne vous faites pas de bile pour moi.

— C'est précisément ce que Salomon m'a dit la dernière fois que nous nous sommes parlé, il y a si longtemps. Quand j'aurai fini mon bain spirituel chez les Paiutes, j'irai chez ma belle-sœur dans l'Est pour l'aider à passer cette douloureuse épreuve. Au cas où tu aurais besoin de moi. Même si un vrai Pink n'a besoin de personne, à part d'autres Pinks...

— Vous en êtes un, et vous me l'avez caché. Je comprends mieux pourquoi vous connaissez à fond la procédure pour devenir agent...

— Non ! Non, pèlerin, je ne suis pas un Pink. Moi je suis le vent de la prairie qui court avec les bisons, et le vent n'a que des refuges temporaires. Il ne se laisse ni enfermer, ni domestiquer. Tiens, il y avait cet exemplaire du *Chicago Tribune* à l'hôtel. Il date de deux jours, sans doute livré par train. Après mon départ, regarde dans les pages intérieures... À la prochaine, pèlerin.

— Calder, mon nom c'est...

Mais il s'était déjà éloigné au petit trot, hors de portée de voix, avec la belle prestance des cavaliers au long cours. Je jetai un œil à la page indiquée du quotidien et à ma grande stupeur, je tombai sur un article assorti d'une photographie : « INTERVIEW EXCLUSIVE D'ALLAN PINKERTON : MA VISION DE L'AMÉRIQUE ». Je reconnus sans coup férir le visage du fondateur de l'Agence, trônant derrière son bureau, faisant dos à une fenêtre dominant le quartier d'affaires de Chicago. Je froissai la feuille de saisissement. Comment Pinkerton avait-il réussi le tour de force de donner cette interview à Chicago le jour où il se trouvait précisément à bord du train qui s'était renversé dans la passe Crèvecœur ?

— C'est vous qui avez réservé pour la diligence, m'sieur ?

Je mis un temps à recouvrer mes esprits. Celui qui m'interpellait ainsi n'était autre que le préposé au bureau de la Wells Fargo, un vieux bonhomme en gilet. J'en avais presque oublié mon départ. Il me tendit mon billet.

— Vous allez être le seul voyageur. Avec l'arrivée du train, il y a de moins en moins de passagers. Chicago, en diligence, c'est un sacré parcours ! Cela va vous prendre des jours, et des jours ! Vous n'auriez pas été plutôt tenté par un voyage dans le *Transcontinental* ?

Je lui tendis un beau dollar pour le dérangement.

— Non merci, je suis guéri du train pour un bon moment.

TABLE

CET OUVRAGE
A ÉTÉ ACHEVÉ D'IMPRIMER
SUR CAMERON
PAR L'IMPRIMERIE NIIAG
À BERGAME (ITALIE)
EN JANVIER 2011

Mise en page par Meta-systems
59100 Roubaix

N° d'édition : L.01EJEN000375.N001
Dépôt légal : février 2011